KATE SUMMER

Son ennemi pour amant

AZUR

HARLEQUIN

Collection : Azur

HARPERCOLLINS FRANCE
83-85, boulevard Vincent-Auriol, 75646 PARIS CEDEX 13
Service Lectrices — Tél. : 01 45 82 47 47 - www.harlequin.fr
ISBN 978-2-2804-6513-7 — ISSN 0993-4448

Composé et édité par HarperCollins France.
Imprimé en novembre 2021 par CPI Black Print (Barcelone)
en utilisant 100% d'électricité renouvelable.
Dépôt légal : décembre 2021.

FSC
www.fsc.org
MIXTE
Papier issu de sources responsables
FSC® C159065

Pour limiter l'empreinte environnementale de ses livres, HarperCollins France s'engage à n'utiliser que du papier fabriqué à partir de bois provenant de forêts gérées durablement et de manière responsable.

Prologue

Agacé, Theo jeta le journal sur son bureau et se tourna vers la baie vitrée, fixant sans vraiment la voir la haute ligne des tours s'élevant dans le ciel bleu du printemps.

Ainsi, Sacha s'était marié…

Que de choses s'étaient passées depuis qu'il était parti, laissant les siens sans nouvelles… Cela faisait maintenant des mois qu'il n'avait eu aucun contact avec eux. Qui aurait cru qu'une chose pareille serait un jour possible ? Personne de leur entourage, connaissant les liens qui les unissaient.

Mais comment aurait-il pu continuer à les voir, à leur parler comme si de rien n'était, comme si rien ne s'était passé ? Et, dans l'hypothèse improbable où il serait parvenu à vaincre son intense répugnance et à leur confier son secret, auraient-ils pu comprendre ce qu'il traversait ? Quelle aurait été leur réaction ?

Incapable de faire face à ses frères, à ses parents, il avait préféré partir loin d'eux. Pour ne pas sentir tout ce qui les séparait désormais, pour toujours, à chaque seconde.

Il se leva et arpenta son bureau new-yorkais comme un fauve en cage.

Ses frères, eux, continuaient à mener leur vie sans ces pensées qui l'obsédaient, à travailler, à faire prospérer Tsarakis Inc. Ils rencontraient des femmes, tombaient amoureux, les épousaient…

Et lui, pendant ce temps ?

Il s'était enfin choisi un point de chute après avoir beaucoup voyagé ces derniers mois et il avait installé son bureau à New York, pendant que ses équipes restaient basées à Londres. Et à présent il entrait dans la dernière phase du plan qu'il concevait depuis des semaines.

Il avait mis du temps à retrouver la trace de celui qu'il cherchait : jamais ses parents n'avaient laissé filtrer la moindre information qui aurait pu l'aider dans sa quête et accélérer celle-ci. Il s'était débrouillé seul, avec l'aide d'un détective privé dont il connaissait depuis longtemps les compétences et le professionnalisme.

Enfin, il avait réussi à l'identifier et à le localiser. Et il avait pu passer à l'action.

En repensant à ce moment terrible qui avait fracturé son existence en deux parties irrémédiablement distinctes, Theo ressentit de nouveau le même froid glacial qui l'avait alors saisi.

Il avait trouvé un journal dans une vieille commode, à Tsiros. Il avait rapidement compris qu'il s'agissait de celui de sa grand-mère. Dès qu'il avait lu les premières lignes sur le papier jauni par le temps, il avait pressenti que plus rien, jamais, ne serait comme avant.

Son intuition s'était révélée juste. En quelques phrases, les mots de sa grand-mère, qu'il n'aurait jamais dû lire, avaient brisé le cours de sa vie et l'avaient séparé de sa famille, faisant de lui un étranger en son sein.

Il secoua la tête et se posta devant la baie vitrée.

S'il voulait reconstruire quelque chose à partir de ces décombres, il devait réussir la mission qu'il s'était confiée : retrouver l'homme à cause de qui il avait tout perdu en un instant et se venger en lui prenant ce qu'il avait de plus précieux au monde.

Il le dépouillerait. De tout. De ses biens, de sa société, de sa famille.

Alors il pourrait peut-être respirer librement de nouveau, enfin soulagé de cette colère qui l'obsédait sans relâche.

1.

Juliet prit un dernier cliché des enfants qui jouaient au football dans une rue délabrée du Queens, et qu'elle observait depuis une demi-heure sans que cela entrave en rien leur naturel et leur spontanéité. Savoir regarder sans s'imposer, c'était sa façon de faire ; une pratique qui lui avait toujours permis de réaliser de très belles photos.

Depuis qu'elle avait commencé à s'exercer, à l'adolescence, les scènes de rue prises sur le vif étaient vite devenues sa passion. Elle avait pris l'habitude de parcourir New York pendant des heures entières pour en dénicher, pour capter en une seconde un regard, un mouvement, qui, au-delà de la scène elle-même, communiquaient une vérité plus profonde, plus intemporelle, plus tragique aussi parfois, ou plus poétique.

Quand elle était heureuse du résultat, elle avait l'impression d'avoir découvert un trésor dissimulé aux yeux de tous et qu'elle révélait aux autres.

New York... Elle aimait tellement cette ville et ses habitants, la vie qui y pulsait bruyamment, qui y vibrait avec une énergie intense... Oui, elle aimait tout de New York, ses bons et ses mauvais côtés. Pourrait-elle un jour vivre ailleurs ? se demandait-elle parfois. Franchement, elle en doutait. Et puis, à quoi bon partir alors qu'elle se sentait ici chez elle ?

Depuis quelque temps, certains magazines s'intéressaient à son travail, et elle avait même pu vendre une série entière, réalisée en collaboration avec un journaliste enquêtant sur les sans-abri de New York.

À vingt-trois ans, Juliet pouvait vivre de son travail, et elle n'en était pas peu fière. Elle pouvait enfin s'assumer, être autonome par rapport à sa mère et son beau-père.

Cette année, elle prévoyait de faire des voyages dans d'autres grandes villes des États-Unis, peut-être Détroit et Washington, qui représentaient en quelque sorte deux extrêmes du pays : une ville paupérisée et désertée par une partie de ses habitants, et une autre qui était le cœur du pouvoir politique.

Elle souffla pour chasser une mèche brune de sa joue et rajusta sa queue-de-cheval. La température était déjà élevée en ce jour de printemps : son jean, son petit pull en coton bleu marine et ses baskets lui tenaient trop chaud, et elle avait hâte de rentrer prendre une douche avant de se changer.

Pour cela, direction l'Upper West Side, où se trouvait le magnifique duplex dans lequel elle vivait avec sa mère et son beau-père. Un cadre qui la changerait du Queens, pensa-t-elle ironiquement.

Sa mère n'avait jamais compris ce qui la poussait à arpenter ainsi les quartiers populaires de New York. Avec le temps, Juliet avait fini par saisir les raisons de cette incompréhension qui la chagrinait parfois.

Née dans une famille pauvre du New Jersey, sa mère s'était battue pour se construire une vie meilleure, loin de chez elle. Tout d'abord, elle avait tout misé sur les études, jusqu'à ce qu'un agent la remarque dans la rue : il lui avait proposé un contrat, avec la complète bénédiction de ses parents trop heureux de la voir réussir, et il avait fait d'elle un mannequin en quelques mois. Finies les études : encore mineure et sous un nouveau nom,

Linda Roger avait tout abandonné pour se consacrer à son nouveau métier, qui les avait très vite sorties de la pauvreté, elle et sa famille.

L'envers de cette incroyable trajectoire pour une jeune fille pauvre était le cauchemar récurrent qu'elle faisait depuis : celui de renouer d'une façon quelconque avec ce passé sordide qu'elle avait volontairement laissé derrière elle.

Tout ce qui lui rappelait la pauvreté l'angoissait terriblement, et elle refusait de s'y intéresser.

Heureusement, son beau-père, Steven, la comprenait mieux et la soutenait dans sa démarche de photographe.

Sa mère et lui s'étaient connus quinze ans plus tôt, sur le tournage d'une publicité. Elle était la star du spot, lui était à l'époque le P-DG de la firme automobile qui en avait passé commande.

Quand elle avait vu cet homme entrer chez elle, *dans sa maison*, Juliet avait huit ans et elle avait d'abord tout fait pour se montrer détestable et hostile. Et elle avait réussi à merveille… Quand elle y repensait, elle en rougissait encore de honte. Elle avait été si désagréable ! Mais Steven ne s'était pas découragé et, à force d'affection et de patience, il avait su lui faire oublier qu'elle ne voulait pas d'un intrus chez elle. Peu à peu, elle avait fini par se réjouir qu'il soit à la maison, alors que sa mère passait beaucoup de temps à parcourir le monde pour son travail – à trente-trois ans, elle continuait d'être sollicitée par les plus grandes marques internationales.

Steven aussi voyageait, mais pas autant. Et Juliet avait vite compris qu'il avait ralenti le rythme de ses déplacements pour elle, pour avoir plus de temps à lui consacrer en l'absence de Linda. C'était lui qui suivait ses progrès à l'école, s'intéressait à ses activités, à ses disputes avec ses amies, aux livres qu'elle lisait, aux films qu'elle aimait, à ses rêves. C'était lui, encore, qui l'avait emmenée à ses premières expositions de peinture et de photographie, dont certaines l'avaient profondément marquée, faisant peu à peu naître en elle un univers visuel et artistique qui s'élargissait au fur et à mesure de ses découvertes, et qui avait nourri ce qu'elle n'hésitait pas à appeler sa vocation.

Auprès de Steven, elle avait trouvé un père de substitution, assez subtil et aimant pour ne pas s'être arrogé une place qu'elle ne lui aurait pas donnée d'elle-même.

Elle sourit avec affection en pensant à lui.

Homme d'affaires chevronné, il s'intéressait beaucoup à l'art et, quand Juliet, très jeune, avait commencé à développer sa passion pour le dessin, la peinture, puis la photographie, il l'avait encouragée.

Sa mère, elle, avait considéré ce centre d'intérêt de loin, quoique avec une certaine bienveillance. Sans doute considérait-elle que sa réussite personnelle permettait à sa fille de s'épanouir dans des activités artistiques non rémunératrices. Mais elle avait aussi l'intelligence de penser qu'avec du travail on pouvait réussir dans n'importe quel domaine…

Étrangement, cette distance n'empêchait pas Linda d'être, à sa façon, une mère aimante ; simplement, elle avait toujours quelque chose à faire et n'était pas très disponible.

Juliet l'admirait pour ce qu'elle avait accompli, pour sa carrière, son talent, sa force de caractère. Quand elle s'était trouvée peu à peu détrônée par de plus jeunes mannequins, Linda s'était investie dans une marque de vêtements de sportswear chic, qui était en plein développement depuis quelques années. Une reconversion réussie, avec l'aide de Steven, mais qui devait aussi à son enthousiasme et à sa volonté.

Parfois, Juliet se sentait un peu petite devant sa mère,

si belle, si éclatante. Mais Steven avait toujours su lui faire comprendre qu'avec sa singularité elle était tout aussi douée.

Elle mit son sac en bandoulière et se dirigea vers le scooter qu'elle avait garé sur un trottoir, non loin de là.

Bien sûr, il y avait aussi son père biologique, Ben Widehouse... Un acteur égoïste et charmant, sur lequel elle n'avait jamais pu compter, mais qu'elle aimait et voyait de temps à autre. Elle adorait l'écouter raconter ses histoires de tournage, sans jamais le prendre tout à fait au sérieux. Pour elle, son père était un enfant, et il n'avait jamais été responsable d'elle. Tout au plus un week-end par mois quand il n'était pas sur un plateau, et pendant de rares vacances.

Mais cela lui allait, et elle avait l'honnêteté de reconnaître qu'elle avait eu une enfance heureuse et privilégiée. Une enfance en tout cas bien éloignée de celle des garçons qu'elle venait de photographier, par exemple.

Elle sentit son cœur se serrer en pensant à leurs sourires éclatants et insouciants, rendus plus émouvants par la pauvreté qu'on devinait chez eux ainsi que les terribles difficultés familiales que la plupart subissaient.

En ce moment, elle travaillait à une série de photos sur les groupes d'enfants de New York, de toutes origines sociales et culturelles. À travers leur regard, elle rêvait de saisir sur la pellicule quelque chose de leur âme, de leurs rêves, de leurs croyances, eux qui étaient l'avenir de la ville. Ce qu'elle cherchait, c'était magnifier leur grâce, leur fragilité, leurs émotions d'enfants, intenses et profondes. C'était un parti pris esthétique qu'elle assumait totalement, car elle avait un objectif : qu'on les regarde *vraiment*, quels qu'ils soient et quelles que soient leurs origines, qu'on les prenne en compte. À ses yeux, c'était le seul moyen de vivre ensemble, ce qui, dans une ville aussi vaste que New York, n'était pas une mince affaire.

Elle mit son casque et grimpa sur son vieux scooter avant de démarrer.

Sa mère et Steven l'attendaient pour dîner, et elle allait être en retard.

— Ma chérie, va tout de suite prendre une douche ! Tu as traîné on ne sait où dans New York : impossible que tu dînes dans les vêtements que tu as portés toute la journée.

Juliet réprima un soupir. Sa mère, elle, était bien sûr impeccable. Vêtue d'un tailleur-pantalon rose poudré et d'un T-shirt blanc siglé d'une grande marque de prêt-à-porter, chaussée de hauts talons vertigineux, cette belle femme de presque cinquante ans avait plutôt l'air de participer à un shooting qu'à un simple dîner familial…

— OK, j'y vais et je vous retrouve dans dix minutes au salon.

Sa mère lui sourit.

— Mais tu peux quand même m'embrasser.

Juliet déposa un baiser sur la joue fraîche de sa mère. Celle-ci dégageait une douce odeur de cosmétiques de luxe, et ses longs cheveux blonds et brillants, parfaitement ondulés sur ses épaules graciles, avaient une délicate senteur florale. Ses splendides yeux bleus étaient subtilement mis en valeur par un fard gris anthracite, du mascara noir, et un rouge à lèvres rouge vif éclairait sa bouche. Un maquillage un peu trop sophistiqué à son goût mais très élégant, comme toujours.

Qu'elle était belle ! pensa Juliet, comme toujours. Et comme cette beauté pouvait parfois être écrasante… Heureusement qu'elle avait sa propre passion pour tenir à distance cet impératif de perfection physique dans laquelle elle ne se reconnaissait pas, mais qui était le credo de sa mère.

Elle grimpa l'escalier du duplex et entra dans la salle de bains attenante à sa chambre. Une fois sous la douche, elle laissa l'eau chaude couler quelques minutes sur sa peau pour se détendre, avant de se savonner et de se sécher à la hâte. Elle mourait de faim après des heures passées dehors et elle avait envie de raconter à Steven ce qu'elle avait fait et vu aujourd'hui.

Elle enfila un vieux short en jean qu'elle adorait, un T-shirt jaune qui faisait ressortir la couleur noisette de ses yeux, et chaussa des tongs. Un coup de brosse dans ses épais cheveux bruns, une queue-de-cheval… Voilà, elle était prête. Peut-être pas assez sophistiquée selon les goûts de sa mère mais tout au moins parfaitement propre, comme elle l'avait exigé !

Elle retrouva cette dernière et Steven en train de boire un verre de vin blanc au salon, une vaste et lumineuse pièce haute de plafond dotée d'un grand canapé d'angle beige, d'une table basse en verre et d'un tapis moelleux à motifs géométriques brun et or. Aux murs étaient fixées plusieurs toiles d'artistes contemporains acquises par Steven. La lumière du soleil était encore vive en ce début de soirée, et les stores des grandes fenêtres n'étaient qu'à moitié remontés.

— Tu veux un peu de vin ? lui demanda Steven.

Juliet fit la moue.

— Non, je vais plutôt prendre un jus de fruits.

Sa mère leva les yeux au ciel en la désignant de la main d'un air théâtral.

— Voilà ma fille unique : une hippie et une ascète…

Son sourire adoucissait l'ironie de sa remarque. Souffler le chaud et le froid : la grande spécialité de sa mère. Linda avait du mal à admettre que sa fille ne lui ressemble pas et n'ait pas les mêmes désirs dans la vie.

— Alors, qu'as-tu fait aujourd'hui ? demanda son beau-père en lui servant un jus de mangue, son préféré.

— J'ai photographié des enfants dans le Queens. Ils sont si beaux, pleins de vitalité, éclatants d'énergie... Je crois que mes photos sont réussies : je les développerai tout à l'heure.

Luxe suprême : elle avait pu aménager un espace à l'étage pour travailler, voire pour développer elle-même ses clichés quand elle utilisait l'argentique dont le grain, incomparable, donnait une intensité supplémentaire. Ce qui ne l'empêchait pas d'utiliser tout aussi bien le numérique.

— Tu me les montreras demain matin ? demanda Steven.

— Oui, bien sûr ! Tu pars travailler à quelle heure ?

Soudain, Juliet vit une ombre passer sur le beau visage grave de son beau-père, ce qui la mit aussitôt en alerte. D'habitude, il ne laissait rien voir des nombreux problèmes professionnels qu'il rencontrait, alors qu'il dirigeait depuis dix ans une importante société informatique cotée en Bourse. Cette société, dont il était l'actionnaire principal, avait notamment développé et commercialisé des logiciels de comptabilité très utilisés dans les secteurs du design, des cosmétiques et du prêt-à-porter de luxe.

Un ennui plus inquiétant que d'ordinaire le tracassait-il au point qu'il laissait paraître sa préoccupation ?

Sa mère fixait Steven avec une soudaine attention. On pouvait compter sur son intuition infaillible pour deviner que quelque chose n'allait pas.

— Un problème au bureau, mon chéri ?

Steven secoua la tête en souriant, mais Juliet vit qu'il se forçait à prendre un air dégagé.

— Tout va bien, je t'assure. Je suis juste un peu fatigué ces derniers temps.

Linda haussa les sourcils.

— Voilà qui ne me rassure pas vraiment.

Il se pencha vers elle et lui prit la main pour y déposer un baiser.

— Je te promets que tout va bien et que cette légère fatigue n'est que passagère.

— J'espère, mon chéri. Tu sais bien que je ne pourrais pas me passer de toi.

L'égoïsme sans honte de sa mère : c'était pour elle-même qu'elle s'inquiétait… Mais, après tout, Steven l'aimait comme elle était.

— Dînons ! lança Linda. Notre cuisinier nous a préparé des œufs brouillés à la truffe. Un délice qui n'attend pas…

Tous trois se levèrent et se dirigèrent vers la salle à manger, elle aussi protégée du soleil couchant par de grands stores crème. Dans cette pièce, les soirs d'été, on avait l'impression d'être dans une sorte d'aquarium doré, hors du temps.

Ils prirent place devant la table dressée et se préparèrent à faire honneur au succulent dîner qui les attendait.

Avant de monter dans son labo photo, Juliet toqua à la porte du bureau de Steven, où celui-ci s'était enfermé après le dîner, pendant que sa mère et elle buvaient une infusion en bavardant.

— Oui ?

— Je peux entrer ? demanda-t-elle en passant la tête dans l'entrebâillement de la porte.

Assis dans un fauteuil en cuir brun, un verre de whisky à la main, Steven hocha la tête en lui faisant signe de venir. Il ne lisait pas, comme il en avait pourtant l'habitude, remarqua Juliet.

Son bureau rappelait l'ambiance confortable des clubs anglais : des murs vert olive tapissés de bibliothèques en chêne couvertes de livres, de trophées de golf et de ceux qu'il avait remportés en tant qu'entrepreneur. Des lampes vertes en forme de corolle, posées sur le bureau en acajou et sur la table basse entourée de plusieurs fauteuils, procuraient à la pièce une lumière douce et dorée.

Juliet avait toujours aimé cet endroit. Quand elle était enfant, elle adorait s'y installer les mercredis après-midi avec sa baby-sitter, pour jouer à des jeux de société, lire et dessiner.

— Tu ne vas pas développer tes photos ? demanda-t-il en souriant. Je suis sûr qu'elles seront magnifiques. J'ai hâte de les voir.

— Si, si, j'y vais, répondit Juliet en prenant place dans le fauteuil près du sien. Mais avant je voulais voir comment tu allais. Je t'ai trouvé préoccupé ce soir. C'est tellement inhabituel que je n'ai pas pu m'empêcher de penser qu'il était arrivé quelque chose… d'inhabituel, justement.

Les paupières baissées, Steven fit tournoyer les glaçons dans son verre pendant quelques secondes.

— Rien d'important, je t'assure, répondit-il enfin avant de soupirer et de lever les yeux vers elle.

Juliet sentit son cœur battre plus vite.

— C'est juste… une impression, poursuivit-il.

— Une impression ? releva-t-elle en fronçant les sourcils. Que veux-tu dire ?

— Eh bien, depuis quelque temps, j'ai la sensation d'être… *scruté*. Tu vois, c'est absurde !

— Mais d'où peut bien te venir cette impression ?

Il secoua la tête avec agacement, comme s'il peinait à trouver les mots.

— Depuis quelques semaines, je devine dans le regard de certains de mes partenaires financiers… une nuance de doute que je n'avais jamais discernée chez eux. Et aujourd'hui l'un d'eux a soudain émis des réserves plus directes au sujet d'un de mes projets, sans que rien le justifie.

Avec une moue dubitative, Juliet croisa les bras sur sa poitrine.

— Tu es sûr que ce n'est pas sa situation à lui qui expliquerait ses réserves ?

— Non, je connais sa situation sur le bout des doigts, et tout va bien de son côté. Le problème, c'est que le doute est contagieux, surtout dans le milieu des affaires où la confiance est fondamentale. J'ai un besoin impératif de lancer ce nouveau projet, sous peine de me faire distancer par mes concurrents.

Il passa une main lasse sur son visage comme pour en effacer les traces de fatigue, avant de lui sourire avec affection.

— Surtout, Juliet, ne va pas t'inquiéter de façon inutile. Si ce partenaire me fait défaut, j'aurai d'autres options, comme toujours. C'est l'avantage d'être à la tête d'une société solide. Oh ! et, s'il te plaît, n'en parle pas à ta mère. Tu la connais, elle verrait ça sous un angle… dramatique, et je ne veux pas qu'elle se mette martel en tête pour une simple *impression*.

À moitié convaincue par les explications de son beau-père, Juliet hocha la tête en signe d'assentiment.

— Peut-être que je vieillis et que je deviens frileux, voilà tout, ajouta Steven d'un ton plus léger.

Juliet secoua la tête.

— Je n'y crois pas une seule seconde. Tu as toujours le même flair, la même intuition à toute épreuve, et ton âge vénérable n'y change rien.

Steven eut un petit rire ironique.

— Si tu dis vrai pour mon intuition, peut-être que je dois alors *vraiment* m'inquiéter… Mais j'en aurai bientôt le cœur net. Et en attendant va donc développer tes photos, ma chérie.

Juliet se leva et déposa un baiser sur sa joue rugueuse.

— J'y vais. Ne veille pas trop tard, d'accord ? Sinon je vais sérieusement me faire du souci pour le contenu de cette bouteille de whisky.

Steven lui serra la main avec tendresse.

— C'est promis.

Incapable de se débarrasser d'une désagréable sensation de malaise, Juliet referma sans bruit la porte du bureau.

2.

En levant la tête pour admirer l'impressionnante façade en verre du *New York Tribune*, à Manhattan, Juliet ressentit une bouffée d'excitation. C'était ici, au cœur du célèbre quotidien national, qu'avaient été rédigés certains des articles les plus importants de la presse américaine, publiés des reportages et des enquêtes ayant parfois infléchi la politique et l'histoire du pays.

Quant à elle, dans un petit quart d'heure, elle allait de façon plus modeste rencontrer le rédacteur en chef de la rubrique « Société », Tom Lewins, et savoir s'il lui achetait sa précédente série de photos pour leur supplément magazine. Afin de mettre en valeur la cohérence de son travail, mené pendant un mois au sein d'une association d'aide aux personnes âgées dans le besoin, elle avait rédigé de petits textes d'accompagnement.

Qu'en avait pensé Tom Lewins ? Elle redoutait son verdict autant qu'elle l'attendait. Elle avait l'impression d'être parvenue à un équilibre entre le visuel et les mots, et elle avait hâte qu'un professionnel de cette envergure lui donne son avis. Elle espérait ne pas s'être trompée en travaillant dans cette direction…

Juliet inspira un grand coup et franchit la porte tambour avant de se diriger vers l'accueil. Là, un jeune homme vérifia son nom sur un listing avant de lui indiquer les ascenseurs.

En débouchant à l'étage du journal, elle eut l'impression de pénétrer dans une ruche où s'agitaient pigistes et assistants, qui allaient de leurs bureaux situés dans un vaste *open space* à ceux, individuels, des journalistes plus chevronnés. Les nombreuses conversations téléphoniques engendraient un léger brouhaha ininterrompu.

— Mademoiselle Widehouse ? Je suis l'assistante de M. Lewins. Suivez-moi, il va vous recevoir.

Juliet se leva en rendant son sourire à la jeune femme rousse qui était venue la chercher et lui emboîta le pas. Avec une légère nervosité, elle ajusta la veste de tailleur noire qu'elle avait choisie ce matin pour avoir l'air plus expérimentée – et plus âgée –, qu'elle portait sur un jean brut slim et une chemise blanche.

L'assistante s'arrêta devant une porte entrebâillée et toqua. Une voix masculine et timbrée retentit aussitôt.

— Entrez !

Grand et imposant, M. Lewins était un homme d'une cinquantaine d'années aux cheveux poivre et sel, toujours séduisant. Ce journaliste reconnu avait bâti sa réputation grâce à ses reportages chocs sur des sujets de société brûlants, servis par une écriture nerveuse et acérée. Avec lui, les enjeux sociaux devenaient visibles et prenaient un caractère d'urgence. Son influence avait plus d'une fois eu un impact décisif.

Sur son bureau en désordre se trouvait un ordinateur portable cerné de feuilles, de documents, de photos et de journaux. Depuis la grande fenêtre, on avait une vue plongeante sur New York.

L'ambiance du lieu disait beaucoup des patientes enquêtes d'investigation et de l'intelligence toujours en alerte du journaliste, pensa Juliet, impressionnée de pénétrer ainsi dans son repaire.

— Asseyez-vous, je vous en prie. Vous avez déjà

travaillé pour nous par le passé, n'est-ce pas ? demanda-t-il de but en blanc.

— Oui, il y a deux ans, pour la rubrique des sports, répondit Juliet en prenant place en face de lui. J'avais photographié l'équipe des Giants, et l'une de mes photos a servi à illustrer un article sur la saison de football.

Il secoua la tête.

— Vous êtes passée des Giants aux personnes âgées démunies de New York : quel grand écart !

C'était le moment de lui faire comprendre son ambition générale, quel que soit le sujet sur lequel elle travaillait.

— J'aime toutes les facettes de New York, cette ville où je suis née et où j'habite depuis toujours, et c'est elle le point commun entre toutes mes photos… En ce moment, je m'intéresse aux enfants qui y vivent, quels que soient leur milieu, leurs origines, et je prends des photos dans la rue, où je passe beaucoup de temps à observer et à me fondre dans le décor. C'est cette méthode d'immersion que j'ai utilisée quand j'ai travaillé avec cette association qui vient en aide aux personnes âgées… C'est comme ça qu'on gagne la confiance des gens, qu'ils restent naturels devant l'objectif parce qu'ils l'oublient.

S'était-elle montrée assez convaincante ? Elle l'espérait. Si Lewins lui achetait sa série, cela augmenterait considérablement sa réputation dans le milieu et lui ouvrirait des perspectives bien plus larges et intéressantes…

Cerise sur le gâteau, elle aurait de quoi payer sans problème la caution de l'appartement de South Street Seaport qu'elle avait visité la veille et où elle voulait emménager le mois prochain… après en avoir parlé à sa mère. Ce qu'elle n'avait pas encore réussi à faire, tant elle redoutait sa réaction. Linda ne comprenait pas pourquoi sa fille ne cherchait pas à bénéficier de sa fortune et de celle de Steven, qui n'avait pas d'enfants de son côté, et pourquoi elle s'obstinait à vouloir se débrouiller toute seule. À coup sûr, quand elle apprendrait que Juliet prévoyait de s'installer dans un simple deux-pièces, Linda pousserait de hauts cris en disant qu'elle était folle et qu'ils auraient pu lui offrir un grand appartement dans l'un des plus beaux quartiers de New York…

Mais elle y penserait plus tard. Car elle n'aurait cette conversation redoutée que si son entretien avec Tom Lewins débouchait sur un contrat.

— J'ai regardé les photos que vous m'avez envoyées par mail, déclara-t-il après l'avoir écoutée avec attention, et je les trouve très bien. On en voit beaucoup, des photos de gens pauvres dans New York, mais votre regard… Je trouve qu'il est moderne, sans pathos et pourtant très humain… Ça m'intéresse.

Juliet se sentit transportée de joie. Si elle l'avait pu, elle l'aurait embrassé sur-le-champ… Au lieu de cela, elle se contenta de sourire avec ce qu'elle espérait le summum de l'assurance professionnelle. Se rendait-il compte à quel point elle était touchée par ses compliments ? Une vraie débutante… Mais après tout c'était ce qu'elle était, non ?

— Dans les prochains mois, nous envisageons de publier dans notre supplément magazine un sujet sur la paupérisation à New York. Je ne veux pas vous acheter toute la série car nous avons prévu de travailler avec plusieurs photographes pour varier les éclairages, mais je vous propose de vous en acheter deux… Ces deux-là, acheva-t-il en tournant vers elle l'écran de son ordinateur.

Malgré elle, Juliet ressentit une pointe de déception.

Détachés de l'ensemble et utilisés au milieu des œuvres d'autres artistes pour illustrer la thématique d'un article, ces deux clichés allaient forcément perdre de leur force et de leur sens. Pourtant, elle ne pensa pas une seconde à refuser. Elle ne s'y trompait pas : ce que Lewins lui proposait demeurait une incroyable opportunité de se faire connaître. Et puis, peut-être qu'elle pourrait s'en servir pour publier la série ailleurs, un peu plus tard ?

— Ce serait formidable ! répondit-elle avec enthousiasme.

Tant pis s'il la trouvait naïve : il pouvait la comprendre, lui aussi avait un jour commencé dans ce métier où il était si difficile de se faire une place.

— Alors c'est d'accord. Vous verrez les détails financiers avec Lisa, mon assistante : passez dans son bureau, juste à droite quand vous sortez d'ici.

— Très bien, merci beaucoup, monsieur Lewins.

Il lui sourit.

— Appelez-moi Tom. Et n'hésitez pas à me tenir au courant de la suite de votre travail.

— C'est… Bien sûr !

Il se leva et lui tendit la main.

— Au revoir, mademoiselle Widehouse. À bientôt.

Le temps de lui serrer la main, d'ouvrir la porte et de sortir de son bureau : le rendez-vous n'avait duré que dix minutes, mais Juliet avait l'impression d'avoir couru un marathon au terme duquel sa vie professionnelle venait de prendre un nouveau tournant.

Pour se remettre de ses émotions, elle s'adossa quelques secondes à la porte fermée du bureau de Tom Lewins, mais elle se redressa aussitôt en imaginant ce dernier l'ouvrir subitement.

Pas question qu'il la voie ainsi !

Elle inspira à fond et se dirigea vers le bureau de l'assistante.

— Juliet ? Quelle bonne surprise !

Elle sourit à son beau-père, qui s'était levé de son

fauteuil en la voyant entrer dans son bureau sans se faire annoncer au préalable.

Un privilège unique qu'elle détenait depuis l'enfance.

Les bureaux de Steven se trouvaient au cœur de Financial District, le quartier d'affaires situé à l'extrême sud de Manhattan. C'était dans ce poumon économique qu'étaient implantés les sièges des plus grandes sociétés et institutions financières de la ville, dont la Bourse de New York. Du bureau de Steven, on avait une vue saisissante sur Wall Street et l'East River.

— Je me suis dit qu'on pourrait déjeuner ensemble, expliqua-t-elle. Si tu es libre bien sûr.

Steven sembla hésiter une fraction de seconde, avant d'acquiescer.

— Avec grand plaisir !

— Tu es sûr ? Si tu as trop de travail, je comprendrai : je passe à l'improviste.

— Tu sais bien que ce n'est pas un problème, au contraire. Non, vraiment, c'est exactement ce qu'il me faut. Je t'emmène chez Blossom ?

Blossom était un restaurant végétarien renommé de New York. Situé dans Chelsea, à quelques blocs du Flatiron Building, ce restaurant à l'ambiance élégante et cosy offrait à ses clients une carte riche de plats délicieux, élaborés à partir de produits bio.

— Oh oui, j'adore leur cuisine !

— Tu sais que je fais tout pour m'adapter aux goûts des jeunes.

— C'est l'une de tes nombreuses qualités ! commenta-t-elle avec un sourire malicieux, avant de lui prendre le bras.

L'assistante de Steven ne put dissimuler un léger étonnement en les voyant partir, mais elle se reprit très vite en déclarant :

— Monsieur Portman, j'ai préparé les documents dont vous aviez besoin pour la réunion de cet après-midi. Je les pose sur votre bureau ?

— Parfait… Je regarderai ça en revenant de déjeuner.

Après une seconde d'hésitation, Susan leur sourit et leur souhaita un bon appétit.

— Prenons un taxi, dit Steven quand ils furent devant l'entrée du building.

— Tu es sûr que je ne t'ai pas interrompu dans ton travail ? demanda Juliet en levant la main pour héler un taxi qui passait. Susan avait l'air étonnée que tu t'en ailles déjeuner…

— Je t'assure que j'ai besoin d'une pause, répliqua-t-il en lui ouvrant la portière du véhicule jaune qui s'était arrêté devant eux.

Comme elle aimait cette ville, la facilité qu'on avait pour y circuler ! À chaque fois qu'elle hélait un taxi, elle avait l'impression enivrante d'être Audrey Hepburn dans *Breakfast at Tiffany's*…

Le restaurant semblait plein, mais la serveuse leur trouva néanmoins une petite table au fond de la salle. Dès qu'ils furent installés, Juliet consulta le menu avec gourmandise et choisit une moussaka, accompagnée d'une salade de mâche.

— Et toi, qu'est-ce que tu prends ?

— La même chose que toi. Attends, je choisis le vin…

Il reposa la carte après avoir passé commande.

— Alors, raconte-moi ! Ce rendez-vous avec Lewins ?

— Il l'a expédié en quelques minutes, mais ça s'est bien passé, répondit-elle avec un large sourire. Il va m'acheter deux photos pour un reportage sur la paupérisation à New York.

— C'est formidable, ma chérie !

— Oui… Même si j'aurais préféré qu'on publie toute

la série, tu t'en doutes. Mais je ne vais pas bouder cette très bonne nouvelle ni faire la fine bouche ! s'exclama-t-elle avant de prendre une gorgée du vin rouge bio que la serveuse leur avait apporté. Mais je voulais aussi te parler d'autre chose… Quelque chose qui ne concerne pas le travail… Tu vois, j'ai visité récemment un appartement à South Street Seaport. Bon, il n'est pas très grand mais il est lumineux et bien conçu.

Steven fronça les sourcils pendant que la serveuse apportait leurs plats.

— Tu veux quitter la maison ? s'enquit-il quand ils furent de nouveau seuls.

Juliet eut un pincement au cœur en l'entendant poser cette question. Avait-il l'impression qu'elle les abandonnait, lui et sa mère ? Pensait-il vraiment ça ?

— Eh bien, je…

Steven mit la main sur la sienne.

— Attends, Juliet… Ne crois surtout pas que je te fasse un quelconque reproche ! Je trouve ça formidable, même si la maison va nous sembler bien vide sans toi. Mais tu as vingt-trois ans, et à cet âge c'est normal de vouloir son indépendance. Et bien sûr si tu as besoin de quoi que ce soit pour emménager, je peux t'aider.

Juliet se sentit soudain soulagée d'un poids immense.

— Non, justement, je vais avoir assez pour tout payer. J'économise depuis un moment et je commence à mieux travailler… Tu comprends, c'est ce que je voulais : ne rien vous demander, à maman et à toi. C'est important pour moi. En revanche, tu peux m'aider d'une autre façon… Pourrais-tu en parler à maman et faire en sorte qu'elle m'épargne les grands discours sur mes prétentions légitimes dans l'existence ou sur les chances que je gâche par inconscience ?

Steven éclata de rire.

— Je vais essayer, mais je ne te promets rien. Ta mère veut le meilleur pour toi, tu le sais.

Juliet eut une moue dubitative.

— Le meilleur n'est pas forcément ce que l'argent peut offrir. Acquérir son indépendance, voler de ses propres ailes... c'est bien mieux que de tout devoir à ses parents.

Son beau-père hocha la tête.

— Tu as raison, et je suis fier de toi. Ta mère aussi est fière, et je pense qu'elle serait au fond bien embarrassée si tu te mettais à tout attendre d'elle. Elle aussi s'en est sortie toute seule, elle sait ce que cela représente.

— Peut-être... Parfois j'ai l'impression qu'elle se sent tellement forte d'avoir réussi à s'extirper de la pauvreté qu'elle voudrait que je lui en sois éternellement reconnaissante. Mais elle m'a déjà permis de faire les études que je voulais, ça n'est pas rien. Maintenant, je veux me lancer vraiment toute seule.

— Alors je trinque à tes projets ! approuva Steven en levant son verre de vin.

Après le déjeuner, Juliet le regarda monter dans un taxi pour regagner son bureau et la réunion qui l'attendait. N'avait-il pas vieilli ces derniers temps ? se demanda-t-elle, songeuse. Avait-elle été à ce point prise par ses préoccupations personnelles pour ne pas s'en être rendu compte ?

L'air était un peu frais, elle boutonna sa veste en jean et fit un nœud à son foulard en soie. Avec ce vent, elle avait la chair de poule, constata-t-elle en jetant un coup d'œil à ses jambes nues sous sa jupe en coton orange. Heureusement, elle avait renoncé à ses sandales et mis des baskets.

Pour se réchauffer, et aussi pour le plaisir, elle allait marcher jusqu'à la maison. Et puis, si elle trouvait quelque chose d'intéressant à photographier, elle était prête : son appareil se trouvait dans la besace en cuir qu'elle portait comme toujours en bandoulière.

Un léger sourire aux lèvres, Juliet entama son parcours, se réjouissant par avance de tout ce qu'elle allait découvrir en chemin.

Encore une minute, et elle arrêtait. Sinon, ses poumons allaient imploser…

Cela faisait déjà vingt-cinq minutes qu'elle et Joyce couraient dans Central Park, et elle avait l'impression qu'elle allait s'écrouler sur place dans quelques instants. Mais impossible de flancher devant sa meilleure amie, grande sportive devant l'Éternel, qui l'avait convaincue de courir avec elle une fois par semaine.

— Ne craque pas, on y est presque !

Incapable d'articuler un mot, Juliet lui fit un geste de la main pour lui signifier qu'elle était au bord de la crise d'apoplexie, mais son amie se contenta d'éclater de rire. Visiblement, elle aurait été capable de courir une heure de plus, songea Juliet, désespérée.

— Et voilà ! s'écria la belle jeune femme blonde aux muscles déliés d'athlète. Allez, on ralentit et on marche.

Les mains sur les hanches, Juliet roula des yeux pour protester.

— Je t'assure, il faut marcher. Viens, on va s'acheter une bouteille d'eau et un café au kiosque du vendeur de glaces à l'italienne, OK ?

— Le café, c'est la seule chose que j'aime dans ton programme de coach sadique…

Joyce lui donna un petit coup de coude.

— Tu me remercieras quand tu voudras séduire l'homme de ta vie : grâce à moi, tu pourras compter sur une silhouette de rêve !

Juliet secoua la tête en riant.

— Joyce ! Si un jour j'en arrive là avec un homme, je veux dire tabler sur mon physique pour lui plaire au lieu de penser à ce qui nous unit, j'espère plutôt que tu viendras me tirer de ce mauvais pas !

— Que tu es romantique pour une fille qui prétend que les histoires d'amour ne l'intéressent pas !

— Je dis juste qu'elles ne m'intéressent pas *pour l'instant* ! J'ai des tas de choses à faire avant, bien plus importantes...

— Je sais, je sais... Bon, c'est promis, je te sauverai de toi-même si tu deviens une fille superficielle et vaniteuse... Allez, ajouta-t-elle tandis qu'elles arrivaient en vue du kiosque, je t'invite pour me faire pardonner : tu veux quoi ?

— Un immense café *latte*, s'il te plaît.

Juliet regarda son amie trottiner, infatigable, vers le comptoir et commander leurs boissons.

Toutes les deux se connaissaient depuis l'enfance et avaient toujours tout partagé. Mais Joyce venait d'une grande famille bourgeoise riche depuis des générations, et ses parents vivaient toujours ensemble. Ces différences n'avaient pourtant jamais apporté la moindre ombre à leur amitié, indéfectible et profonde – pas plus d'ailleurs que le récent mariage de Joyce avec un jeune banquier de Wall Street.

Parfois, Juliet se disait avec une pointe de tristesse que Joyce était la fille que sa mère aurait voulu avoir, mais elle repoussait cette pensée, qui ne rendait justice ni à sa mère ni à son amie.

Elle sortit son téléphone de la poche zippée de son short. Il avait vibré plusieurs fois pendant leur course, et elle attendait des nouvelles pour son appartement de South Street Seaport.

Le premier SMS était bien de l'agence immobilière.

Félicitations : votre dossier a été accepté par le propriétaire. Vous pouvez passer à l'agence demain après-midi pour signer le contrat ?

Flora

Le deuxième doucha sur-le-champ son enthousiasme.

Bonjour, Juliet,

J'ai un problème au sujet de vos photos. Rendez-vous demain matin 9 heures au *lounge* du Mandarin oriental pour en discuter.

Tom Lewins

3.

En descendant du taxi à Colombus Circle, au sud-ouest de Manhattan, Juliet ne put s'empêcher de se poser la même question, sans doute pour la centième fois depuis la veille : pourquoi Tom Lewins lui avait-il donné rendez-vous ce matin ? Et pourquoi au Mandarin oriental, ce palace new-yorkais ? Si elle n'avait pas connu sa réputation d'époux fidèle et sérieux, elle se serait bien sûr demandé s'il n'avait pas l'intention d'exercer une pression sur elle… Mais non, Lewins n'était pas ce genre d'homme : elle connaissait pas mal de femmes journalistes et photographes qui avaient déjà travaillé avec lui, et aucune d'elles ne lui avait rapporté d'incident de ce type.

Alors, pourquoi ? Quel était le « problème » qu'il avait mentionné la veille dans son SMS ?

Quoi qu'il en soit, elle allait bientôt avoir la réponse à ses questions. Pourvu qu'elle ne regrette pas alors de ne pas être restée dans l'ignorance…

Elle leva la tête vers le sommet des tours jumelles du Time Warner Center. Cet emblématique et impressionnant complexe de deux cent vingt-neuf mètres de haut, à la structure d'acier entièrement recouverte de verre, se situait au cœur de la ville et faisait la jonction entre plusieurs quartiers : Midtown, Hell's Kitchen, Upper West Side… De là, on était à quelques pas de la Cinquième Avenue, de Broadway et du Lincoln Center.

Juliet pénétra à l'intérieur du bâtiment. Le Mandarin oriental se trouvait entre le trente-cinquième et le cinquante-quatrième étage.

Le hall du palace, moderne et lumineux, était immense. Certes on était à New York, où tout était plus grand, plus haut, plus démesuré que presque partout ailleurs ; pourtant, on avait ici la soudaine sensation d'avoir changé de dimension.

Le haut plafond, décoré de petits carreaux de céramique crème aux reflets dorés dans la lumière des spots, faisait penser à une voûte de nuages blancs et aériens. Au centre du hall trônait une fontaine où des flamants roses de cristal simulaient des jets d'eau. De confortables fauteuils de velours vert, aux coussins rouges, invitaient au repos. Au fond, on distinguait la ligne des gratte-ciel de New York, après l'accueil où s'agitaient des réceptionnistes. Avec courtoisie, l'un d'eux lui indiqua le chemin du *lounge*, au seuil duquel Juliet s'immobilisa, époustouflée.

Décidément, elle avait beau être habituée aux endroits luxueux, ce bar avait de quoi couper le souffle : les baies vitrées offraient une vue circulaire, spectaculaire et vertigineuse sur New York, ses buildings, l'Hudson River et Central Park. La salle elle-même, avec son décor sobre et élégant, était magnifique. Des luminaires en forme d'arabesques diffusaient une douce teinte dorée, et derrière un comptoir de marbre noir on pouvait voir de nombreux serveurs préparer cocktails et boissons pour les clients.

Vraiment, c'était le genre d'endroits qu'affectionnait Tom Lewins, ce reporter qui avait l'habitude de circuler dans les zones les plus pauvres et les plus dangereuses des métropoles du monde entier ? Elle n'aurait jamais pensé cela de lui…

Elle le chercha du regard en vain. Visiblement, il n'était pas encore là.

Un jeune serveur, vêtu d'un costume cravate gris, se dirigea vers elle.

— Vous cherchez quelqu'un, mademoiselle ? demanda-t-il.

— Oui, j'ai rendez-vous. Mais je suis la première arrivée, je crois.

— Vous serez deux ? Suivez-moi…

Juliet lui emboîta le pas.

— Oh ! si vous avez une table près de la baie vitrée, je suis preneuse, dit-elle avec un sourire.

— Bien sûr, mademoiselle.

Elle s'assit dans le confortable fauteuil qu'il lui désigna. De sa place, elle pouvait admirer la vue. Si elle n'avait pas été aussi nerveuse, elle aurait pu passer des heures ici à boire des litres de thé vert… Certes, son anxiété ne pouvait l'empêcher d'en apprécier la beauté, mais une chose était certaine : elle la savourerait davantage une fois que Lewins lui aurait expliqué ce qui se passait.

Où était-il ? se demanda-t-elle en regardant son téléphone. L'heure du rendez-vous était passée depuis dix minutes… Elle s'agita dans son fauteuil.

Soudain, l'écran de son mobile s'illumina pour afficher un SMS.

Bonjour, Juliet,

Pardonnez-moi, je ne peux hélas pas venir au rendez-vous, mais Theo Tsarakis, l'un des actionnaires du journal, sera là pour tout vous expliquer.

À bientôt.

Tom Lewins

Stupéfaite, Juliet écarquilla les yeux.

Qu'est-ce que cela voulait dire ?

Qui était ce Theo Tsarakis ?

Elle eut à peine le temps de se poser la question qu'elle vit une haute silhouette s'approcher d'elle.

Devant elle se tenait soudain le plus bel homme qu'elle ait jamais vu. Grand, mince et musclé, il avait d'épais cheveux bruns, des yeux d'un bleu intense. Il était renversant de virilité et de charisme. Vêtu d'un costume gris anthracite coupé sur mesure, d'une chemise blanche et d'une cravate bleu marine, il était sublime, pensa Juliet, incapable de faire le moindre mouvement.

— Bonjour, dit l'inconnu d'une voix grave qui la fit frissonner.

Que se passait-il ? Que lui arrivait-il ? Incapable de reprendre ses esprits, elle avait l'impression d'être tout à coup plongée dans l'une de ces comédies romantiques qu'elle regardait béatement en mangeant du *layer cake* au chocolat de chez Magnolia Bakery…

— Bonjour, parvint-elle enfin à murmurer, au bout de quelques secondes qui lui parurent avoir duré une éternité.

Mon Dieu, elle avait les mains moites… Mais sous le regard de cet homme d'une beauté renversante n'importe quelle femme se serait sentie nerveuse, non ? se dit-elle pour se rassurer.

Il sourit, et Juliet crut qu'elle allait faire une syncope, tant il était éblouissant. Que faisait-il devant elle, devant sa table ? Pour une raison qui lui échappait encore, se trompait-il en la prenant pour une autre ?

— Mademoiselle Widehouse ?

Elle acquiesça tout en déglutissant avec difficulté.

— Je me présente : Theo Tsarakis.

Theo Tsarakis ? Pas besoin de vérifier, c'était bien le nom que lui avait communiqué Tom Lewins quelques minutes plus tôt.

Avec une élégance nonchalante, il s'assit dans le fauteuil en face d'elle.

Bon sang, pour l'instant, elle n'avait été capable que

de dire un seul mot… Elle était en train de se couvrir de ridicule !

— Tom vous a prévenu qu'il ne pourrait pas venir, n'est-ce pas ? demanda Theo Tsarakis.

— Oui… J'ai… Je viens de recevoir son message.

Miracle, elle était parvenue à prononcer *une phrase entière* ! songea-t-elle.

— Mais… Je ne comprends pas bien pourquoi il n'est pas venu lui-même.

— Et pourquoi je suis là à sa place ? Bien sûr… Je vous explique : je suis actionnaire à titre individuel du *New York Tribune*, et qui plus est un ami de Tom. Nous avons eu une réunion de travail il y a quelques jours, pour évoquer les prochains numéros du supplément magazine, et il s'avère qu'il m'a demandé mon avis sur les photos qu'il voulait vous acheter.

Juliet écarquilla les yeux. Jusque-là, elle avait considéré comme une évidence le fait que Lewins n'avait besoin de personne pour se faire une opinion ; il avait la réputation de ne jamais se laisser influencer.

— Comment ça, votre « avis » ? Je veux dire… Pourquoi a-t-il eu besoin de savoir ce que vous pensiez de mes photos ?

— Peut-être parce que je suis l'un des actionnaires les plus importants du journal ?

— Mais la rédaction est indépendante, non ?

— Alors disons qu'il me l'a demandé parce que je suis son ami et qu'il n'était pas tout à fait sûr de son choix.

Juliet prit une profonde inspiration. Qu'était-il en train de lui expliquer ? Vu son expérience, Tom Lewins devait être capable de prendre des décisions rapides et fermes. Une seule chose la rassurait : l'agacement qu'elle commençait à éprouver devant l'arrogance de cet homme était en train de lui redonner la maîtrise d'elle-même…

— Écoutez, si je comprends bien, vous n'êtes pas d'accord avec sa décision concernant les deux photos dont il veut acheter les droits pour le magazine ?

Il la regarda intensément plusieurs secondes sans rien dire, comme s'il hésitait. Avec nervosité, Juliet serra les mains sous la table. Qu'est-ce que tout cela signifiait ?

— Quand Tom m'a montré vos photos… je les ai trouvées très bien, mais je pense que pour l'article il n'a pas fait le bon choix.

Elle haussa les sourcils.

— C'est-à-dire ?

— Pour laisser la priorité au texte, il a pensé que les plus générales de la série seraient parfaites, alors que certaines autres sont beaucoup plus personnelles et percutantes.

— Tom vous a transféré l'ensemble par mail ?

— Oui, à ma demande.

Les bras croisés sur la poitrine, elle se carra contre le dossier de son fauteuil.

— Alors, non seulement il vous a sollicité pour avoir votre avis, mais il vous a laissé venir me l'annoncer ? répliqua-t-elle. Pourquoi ne m'a-t-il pas simplement appelée pour me prévenir qu'il préférait changer les photos ? S'il s'agit de refaire le contrat pour intégrer cette modification, cela ne doit pas être très compliqué.

Il eut un sourire au charme ravageur, celui qu'aurait pu avoir un prédateur certain de pouvoir bientôt planter les griffes dans sa proie.

— Disons que je l'ai convaincu de me laisser venir vous en parler.

— Mais pourquoi ça ?

Vraiment, elle n'y comprenait plus rien.

— Parce que votre travail m'intéresse. Vous savez,

je suis actionnaire dans d'autres journaux et je possède deux galeries d'art, dont une ici à New York.

Son travail intéressait Theo Tsarakis ?

— J'ai du mal à vous suivre… Vous avez voulu me rencontrer pour évoquer de potentiels projets ?

— C'est possible, oui. Je me rappelle votre photo des Giants, le regard des joueurs qui venaient de perdre un match… Savoir capter un moment, lui donner de la densité et de l'intensité pour atteindre des sentiments universels… Ce n'est pas donné à tout le monde.

Il s'interrompit une seconde.

— Qu'est-ce que vous voulez boire ?

— Oh… Un thé vert, ce sera parfait.

Il fit signe au serveur, qui s'approcha aussitôt.

— Un thé vert et un expresso très serré, s'il vous plaît.

— Tout de suite, monsieur.

Juliet sentit son cœur se remettre à battre à toute allure, comme un oiseau dont la cage s'apprêtait à s'ouvrir. Theo Tsarakis allait-il en entendre les battements sourds et précipités qui secouaient sa poitrine ? Allait-il comprendre qu'elle était émue au-delà du raisonnable par sa présence, par les commentaires flatteurs qu'il faisait sur son travail ?

Il lui sourit de nouveau, et son pouls s'emballa encore davantage.

— Et puis, je dois vous avouer qu'en vous voyant tout à l'heure assise à cette table, contemplant la vue, j'ai eu encore plus envie de travailler avec vous.

Juliet se maudit intérieurement en se sentant rougir. Dire que d'ordinaire les hommes lui faisaient si peu d'effet… À vingt-trois ans, elle n'avait eu que deux ou trois brèves histoires sans intérêt, au grand dam de son amie Joyce. Comment celui-ci pouvait-il, alors qu'elle ne le connaissait que depuis quelques minutes, susciter en elle des réactions aussi troublantes… et aussi délicieuses ?

Elle était d'autant plus perturbée que cette rencontre avait lieu dans un cadre professionnel : elle devait rester lucide et non se conduire comme une adolescente impressionnable. Mais comment faire, alors qu'elle n'arrivait même pas à calmer les battements de son cœur ?

Le serveur s'approcha discrètement pour déposer leurs boissons sur la table, et Juliet sentit l'arôme du café noir lui chatouiller les narines. Une senteur forte, puissante, brute. À l'image de l'homme qui lui faisait face.

— S'il avait été l'heure, nous aurions pu fêter notre rencontre avec une coupe de champagne, mademoiselle Widehouse. En tout cas, je crois que notre rendez-vous mérite d'avoir pour décor cette vue grandiose sur New York…

Juliet déglutit avec difficulté et avança une main tremblante vers sa tasse. Mais le thé était encore brûlant, et elle ne pouvait essayer de se donner une contenance en en buvant une gorgée.

— Vous savez qu'en 2003, continua-t-il, le *penthouse* qui se trouve au sommet de l'une des tours a été vendu pour quarante-cinq millions de dollars ? C'est l'un des appartements les plus chers jamais vendus à New York.

— Je l'ignorais… Ce n'est pas vous qui l'avez acheté, tout de même ?

Il éclata de rire.

— Non, ça ne m'intéressait pas. J'habite depuis peu une maison sur Jones Street et je préfère mille fois ce quartier.

Pour la première fois, elle nota une pointe d'accent dans son anglais parfait.

— Mais vous n'êtes pas américain, n'est-ce pas ?

— Non, je ne suis pas né aux États-Unis, mais j'y viens très souvent pour mes affaires. D'habitude, je vis à

Londres, mais j'ai récemment décidé de m'installer pour un temps à New York.

— Pour des raisons professionnelles ?

— En quelque sorte…

Désireuse de ne pas se montrer indiscrète, Juliet préféra changer de sujet.

— Mais alors, où êtes-vous né ?

— En Grèce, répondit-il avec une légère réticence.

Il n'avait pas l'air de vouloir parler de lui, songea-t-elle.

Soudain, il se pencha vers elle, et elle sentit une intense chaleur l'envahir.

— Vous avez beaucoup de talent, Juliet.

— Vous… Vous pensez vraiment ce que vous dites ?

Il haussa les sourcils.

— Pourquoi mentirais-je ?

Elle eut un petit sourire circonspect.

— Je ne sais pas…

Elle aurait pu décider de ne pas l'écouter davantage. Elle aurait pu décider de se lever en lui expliquant que son comportement était trop cavalier pour elle et qu'elle allait appeler Tom Lewins pour lui expliquer ce qu'elle pensait de sa façon de traiter une photographe débutante…

Mais faire cela, c'était risquer de ne plus jamais voir Theo Tsarakis.

Et, aussi déraisonnable et insensé que cela puisse paraître, elle refusait de l'envisager. La vérité, c'est qu'elle voulait en savoir plus sur lui et continuer à sentir son regard bleu posé sur elle…

— Tom Lewins est donc d'accord avec votre choix ?

— Oui, et si vous l'êtes aussi son assistante va modifier le contrat.

— Il vous fait confiance à ce point ?

— Nous nous connaissons depuis très longtemps, et il sait que mon flair est infaillible.

— Tout comme votre modestie, sans doute ?

Il éclata de rire.

— Touché, Juliet !

L'entendre ainsi l'appeler par son prénom lui donna l'impression qu'il avait posé les lèvres sur sa peau… Elle frissonna et caressa ses bras, comme si elle avait froid.

Comment avait-elle pu lui faire une telle remarque ? se demanda-t-elle, surprise. Elle n'avait même pas réfléchi une seconde : les mots étaient sortis tout seuls. En partie parce que son arrogance l'agaçait, mais aussi parce qu'elle avait senti qu'elle pouvait se le permettre, comme si tous deux savaient, sans même l'avoir évoqué, que leur rencontre n'était plus seulement professionnelle. Il se passait entre eux quelque chose qui relevait d'une alchimie instantanée, puissante. En le voyant rire, elle sut que son intuition était la bonne.

Soudain, elle se rendit compte avec effroi qu'elle avait terriblement envie qu'il l'embrasse, qu'il la touche…

Il tapota sur son portable et le lui tendit.

— Je pense que ces deux photos-là seront bien mieux.

Il avait choisi un gros plan d'une main ridée, fragile, se posant sur le bras d'une bénévole, et la photo noir et blanc d'une femme âgée, debout, qui regardait avec tendresse un vieil homme assis sur un canapé du local de l'association.

Ses doigts frôlèrent les siens, et elle les retira aussitôt, comme si elle s'était brûlée.

— Alors, qu'en pensez-vous ?

— Je suis… d'accord. Si ça va aussi à M. Lewins.

— Ne vous inquiétez pas pour ça, dit-il d'un ton catégorique en remettant son portable dans la poche intérieure de sa veste. Quand je serai à bord de mon jet, je vais lui confirmer que nous sommes tombés d'accord.

— Votre jet ? releva-t-elle, étonnée.

— Oui, je pars pour Londres dans… une heure et demie.

— Mais vous n'arriverez jamais à temps !

— Mon jet part de l'aéroport de Teterboro, à vingt kilomètres d'ici.

— Ne me dites pas qu'en plus c'est vous qui pilotez ?

Sa bouche s'incurva en un sourire époustouflant, laissant voir ses dents blanches.

— Si cela pouvait vous impressionner, je n'hésiterais pas à vous répondre que oui… J'adore piloter moi-même, mais je profite souvent de mes trajets pour travailler, cela me fait gagner beaucoup de temps.

— Et vous resterez longtemps à Londres ?

Il allait comprendre qu'elle avait envie de le revoir, mais tant pis.

— Quelques jours. Je vous appelle à mon retour, qu'en pensez-vous ?

Ce n'était pas la peine de chercher à lui mentir, et d'ailleurs elle n'en avait aucune envie.

— C'est d'accord.

Il se leva et lui tendit la main. Avec hésitation, Juliet la lui serra. Elle eut l'impression qu'une véritable décharge électrique la traversait. Sa main était grande, chaude, et ce simple contact était délicieux. Avait-il senti la même chose ? Oui, à en croire la lueur qui s'était allumée dans ses yeux bleus…

— Je vous laisse, Juliet. À très bientôt.

Elle admira sa démarche élégante et virile tandis qu'il traversait la salle, avant de se rendre compte que toutes les femmes présentes le suivaient elles aussi du regard.

Elle eut un petit rire incrédule.

Elle venait de rencontrer le plus bel homme de la terre, qui aimantait le regard de toutes les créatures féminines croisant son chemin, et celui-ci voulait la revoir, elle…

En venant ici ce matin, elle n'aurait jamais pensé que son cœur allait se mettre à battre ainsi pour un inconnu.

Elle rit de nouveau en pensant que, finalement, Tom Lewins avait eu bien raison de se montrer impoli et d'envoyer Theo Tsarakis à sa place.

4.

Bon sang !

Il ne s'était pas attendu à ça en venant ici ce matin, pensa Theo en s'installant au volant de sa voiture de sport, qu'un portier du Mandarin oriental venait de garer pour lui devant l'entrée du Time Warner Center.

Aussi incroyable que cela puisse paraître, il avait failli perdre de vue son objectif, auquel il pensait pourtant jour et nuit depuis des mois…

Juliet Widehouse était très belle.

Les rares clichés d'elle qu'il avait vus avant de la rencontrer ce matin ne lui rendaient pas justice. Car on ne pouvait pas dire qu'elle inondait les réseaux sociaux de photos égocentriques et trafiquées : la jeune femme ne possédait qu'un compte sur lequel elle se contentait de poster de temps à autre certaines de ses œuvres ou encore celles de collègues, pour lesquelles elle avait eu un coup de cœur.

Il secoua la tête tout en s'introduisant adroitement dans le trafic.

Néanmoins, il était hors de question qu'il renonce à son plan, qu'il avait commencé à mettre en pratique : tout en travaillant en sous-main au rachat des actions de la société de Portman, il était en train de semer le doute dans l'esprit de ses partenaires financiers. En affaires, la confiance était le nerf de la guerre, et il avait toujours été étonné de la vitesse à laquelle celle-ci pouvait s'effriter, ruinant les réputations les mieux établies.

Il progressait, et il était certain de réussir bientôt.

Pourtant, Juliet lui avait fait un tel effet que dès les premières minutes de leur entrevue il avait modifié l'objectif qu'il s'était fixé en ce qui la concernait.

Au départ, il avait eu l'intention de rencontrer la jeune femme pour l'informer qu'en fin de compte le journal n'achèterait pas ses photos. Il lui aurait laissé entendre que ce revirement était dû à des actes commis dans le passé par son beau-père : en tant qu'actionnaire du journal, il refusait qu'on puisse l'associer au nom de Steven Portman. Puis il serait parti, sans lui donner d'explication supplémentaire.

Cela aurait constitué une étape de plus dans sa vengeance : attaquer les intérêts privés et les liens familiaux de Portman. N'était-ce pas ce que cet homme avait fait trente ans plus tôt, sans scrupule ni regret ?

Après cela, nul doute que Juliet aurait parlé de lui à son beau-père, dont elle semblait proche, d'après les renseignements qu'il avait. Alors, Portman aurait pour la première fois entendu prononcer son nom au sein même de son foyer, par la bouche de sa belle-fille, et ce au moment où les banques commençaient à se montrer méfiantes vis-à-vis de lui… Il aurait ainsi vu resurgir ce passé qu'il avait laissé derrière lui sans un regard en arrière.

Avec le recul, il aurait pu y voir le signe annonciateur de la catastrophe qui s'était abattue sur lui…

Oui, mais voilà, en voyant les grands yeux noisette de Juliet, son regard profond, franc et intelligent, sa bouche sensuelle, sa peau mate et veloutée, ses longs cheveux bruns, épais et brillants, il s'était rendu compte, en une fraction de seconde, qu'il était en réalité incapable de lui faire le moindre mal.

Si elle avait été moins belle, tu l'aurais fait sans pitié ? lui souffla la voix de sa conscience.

Theo jura.

Il haïssait tellement Steven Portman qu'il avait imaginé être capable de blesser sa belle-fille pour l'atteindre, lui. Eh bien, c'était faux, il le savait maintenant. Inutile de croire qu'il était à ce point insensible : même si elle n'avait pas été cette exquise créature, il se serait rendu compte en s'asseyant à sa table qu'il était incapable de s'attaquer à quelqu'un qui ne lui avait rien fait.

Seul Portman méritait sa haine, et il allait se concentrer sur lui, l'acculer de jour en jour jusqu'à la ruine.

Soudain, une idée fulgurante lui traversa l'esprit.

S'il renonçait à entraver la carrière de Juliet Widehouse, il pouvait néanmoins faire autre chose… Une chose qui leur apporterait, à elle comme à lui, beaucoup de plaisir. Il pouvait la séduire… Ce qui ne devrait pas être très difficile : elle aussi avait ressenti quelque chose d'intense face à lui, il en était certain… Et quand il en aurait assez – ce moment arriverait forcément : ne s'était-il pas lassé des plus beaux top models de la planète ? – il la quitterait en lui expliquant quel homme abject était son beau-père, et pourquoi il l'avait ruiné.

À ce moment-là, il en aurait fini avec sa vengeance ; il aurait restauré la dignité de sa mère et lavé l'humiliation qu'elle avait subie. Alors, cette colère qui le rongeait depuis des mois, depuis qu'il avait appris qu'il n'était pas le fils de Sandro mais celui de cet Américain, le quitterait enfin.

Son cœur se serra comme à chaque fois qu'il pensait à sa mère. C'était une femme fière, intègre… Elle avait dû penser qu'elle vivait une vraie histoire d'amour. Quelle terrible erreur elle avait commise ! Au lieu de cela, Portman l'avait abandonnée, enceinte, et elle avait été condamnée au mensonge au sein de sa propre famille.

Avec détermination, Theo prononça à haute voix le nom de Tom Lewins pour lancer l'appel. Le journaliste répondit au bout de deux sonneries.

— J'ai vu Juliet Widehouse, annonça aussitôt Theo.

— Et alors, que lui as-tu dit ?

— Je lui ai expliqué qu'on ne prendrait pas les deux photos que tu avais retenues… car j'en avais choisi deux autres, beaucoup mieux pour l'article de fond que ton service prépare.

— Ah bon ? s'étonna Tom. Je croyais que tu voulais lui demander de nous présenter des photos complètement différentes, parce que la série ne te plaisait pas…

Il n'avait pas révélé à Tom ce qu'il avait *vraiment* eu l'intention de dire à Juliet quand il se retrouverait en face d'elle. S'il l'avait su, le journaliste aurait sans aucun doute refusé de lui rendre le service de lui arranger cette rencontre avec la jeune femme.

— J'ai changé d'avis…

— Ah, ah… Je comprends… Mlle Widehouse est très jolie, n'est-ce pas ?

— Oui, c'est vrai. Mais surtout, elle a du talent.

— Ah, tu le reconnais ? Je te l'ai dit, c'est une super photographe. Je suis content que tu l'admettes enfin, toi aussi. Même si je ne comprends pas du tout ce que tu cherchais en voulant la rencontrer et la faire lambiner… À moins que tu n'aies eu en tête l'idée de la séduire de cette façon ? Drôle de technique, si c'est ça.

Theo éclata de rire.

— Je n'ai pas besoin d'inventer des histoires tordues pour séduire une femme !

— Ça, j'en suis bien certain… Je t'ai vu à l'œuvre assez souvent. Bref, tant mieux si ça s'est bien passé. Et n'oublie pas, c'est vraiment parce que c'est toi que j'ai accepté ta demande étrange. On déjeune ensemble cette semaine ?

— Impossible, je décolle pour Londres dans… très peu de temps, précisa-t-il après un bref coup d'œil à l'horloge du tableau de bord. Je t'envoie par mail les deux photos que j'aimerais qu'on retienne pour l'article. Vraiment, on gagne au change, elles sont plus percutantes que celles que tu avais sélectionnées.

— Si tu le dis… Heureusement que tu es mon actionnaire préféré, tu es tellement sûr de toi que cela pourrait m'agacer.

Theo sourit.

— Je t'invite à dîner à mon retour.

— Alors, tu es déjà quasiment pardonné.

Après avoir salué Tom, Theo raccrocha avec un sentiment de gêne. Il n'aimait pas mentir à ses amis. Mais comment expliquer la situation à Tom, sans lui avouer son étrange situation familiale ? Il n'en avait parlé à personne, et bien sûr pas à ses frères, qui depuis huit mois maintenant attendaient qu'il leur explique ce qui s'était passé et les raisons de son départ.

Il serra les dents, la mâchoire crispée.

Jamais il n'avouerait à quiconque qu'il n'était qu'un bâtard, isolé au sein de la famille qui représentait tout pour lui.

Tout ça par la faute d'un homme sans morale.

Quand il repensait au moment où il était tombé sur le journal de sa grand-mère, il éprouvait le même dégoût, la même sensation glacée.

Ce jour-là, il était monté dans le grenier de la villa de Tsiros : de temps à autre, il aimait jeter un œil sur toutes les vieilleries entassées là par plusieurs générations de Tsarakis. Quand il y pénétrait, il retrouvait toujours un peu de l'émerveillement qu'il ressentait, enfant, quand ses frères et lui s'y rendaient en espérant – ou en redoutant, mais ils ne l'auraient jamais avoué – y découvrir un trésor caché ou y rencontrer quelques fantômes.

Sans savoir pourquoi, il s'était approché d'une vieille commode à laquelle il n'avait jusque-là prêté aucune attention. Et, dans l'un de ses tiroirs vermoulus qu'il avait eu du mal à ouvrir, il avait exhumé le journal que sa grand-mère avait tenu la dernière année de sa vie (la date figurait sur la page de garde ; d'après ce qu'il en savait, sa mère avait récupéré et détruit les cahiers plus anciens).

Au départ, il avait été heureux de cette découverte… et puis les mots l'avaient heurté de plein fouet, alors même qu'il n'avait pas tout de suite compris leur entière signification.

Cet Américain est un imposteur, j'en suis sûre, et ma fille ne le voit pas. Quand elle le regarde, je lis l'émerveillement dans ses yeux et j'enrage de ne pouvoir rien faire. Quant à son mari, il est incapable de s'intéresser à autre chose qu'à ses affaires… Ne voit-il rien ? Et Elizabeth elle-même comprend-elle ce qui se passe ?

Puis plus loin :

Elizabeth est malheureuse : S. P. a quitté la Grèce. Je suis contente, elle va s'en remettre, même si elle semble très abattue… Par bonheur, elle a ses fils, Sacha et Nikos. Ils sont si petits et ils ont besoin d'elle. Cela va l'aider.

Et puis encore :

Elizabeth est enceinte ! De ce S. P. bien sûr, elle me l'a dit, même si Sandro est persuadé qu'il va être père pour la troisième fois. J'avais raison de me méfier de cet homme : il l'a lâchement abandonnée quand il a su… Que va faire ma Lisbeth ?

La vérité l'avait frappé comme un coup de poing dont la blessure palpitait toujours en lui : il n'était pas le fils biologique de Sandro. Il était le fils d'un autre homme, un inconnu… L'enfant d'un Américain qui avait fui ses responsabilités : un lâche.

Tout ce qu'il avait toujours considéré comme sûr et solide dans sa vie s'était effondré. Son père n'était pas son vrai père, ses frères étaient ses demi-frères et sa mère… elle lui avait menti toute sa vie.

Elle leur avait menti à tous.

Comment aurait-il pu les revoir, les regarder en face, leur parler, après ce qu'il venait d'apprendre ? Même sa mère, de la bouche de laquelle il rêvait pourtant d'entendre la vérité, il avait été incapable de la revoir.

Après cette découverte terrible, il avait fui sa famille. Et depuis huit mois il n'avait répondu à aucun de leurs appels. Il s'était concentré sur son enquête : découvrir qui était ce « S. P. » pour ensuite lui faire payer ce qu'il avait fait, le mettre à terre pour lui avoir volé sa vie, son identité, sa place au sein du clan Tsarakis.

Retournerait-il chez lui un jour ?

Il serra les mains sur le volant. En tout cas, pas avant que sa vengeance soit réalisée : il se l'était juré.

Comme souvent, il se posa l'une des questions qui l'obsédaient sans relâche : que se serait-il passé si Steven Portman, au lieu d'abandonner sa mère, s'était montré loyal et courageux ? Sa mère aurait-elle quitté Sandro et son foyer, coupant son plus jeune fils du reste de sa famille ? Car, connaissant Sandro et sa vision rigide de l'honneur, qu'aurait-elle pu faire d'autre que de tout laisser derrière elle ?

Il secoua la tête. Imaginer son enfance sans Sacha et Nikos, c'était impossible.

Il eut une moue cynique : il devait à la lâcheté de son

père biologique d'avoir été élevé et d'avoir grandi au sein d'une famille solidaire et aimante. Si Portman l'avait reconnu, s'il avait voulu participer à son éducation, il serait aujourd'hui un autre homme.

Une vie sans ses frères, loin de la Grèce peut-être… Theo eut le vertige, comme à chaque fois que cette idée lui traversait l'esprit.

La piste d'atterrissage était en vue : à bord du jet, il se consacrerait à son travail et à la réunion qui l'attendait à Londres. Et il penserait à la délicieuse Juliet Widehouse, à ce qu'il pourrait faire avec elle lorsqu'il la retrouverait dans une semaine.

Enfin un programme qui lui procurait du plaisir.

Juliet héla Steven, qui l'attendait devant l'entrée du MoMA, le musée d'Art moderne de New York. Tous les deux avaient prévu de visiter, avant de déjeuner, l'exposition consacrée à un peintre anglais qu'ils aimaient particulièrement.

— Pardon, je suis un peu en retard, s'excusa-t-elle dès qu'elle fut devant lui.

Qu'il avait l'air pâle dans la vive lumière printanière… Décidément, son beau-père avait sérieusement besoin de vacances.

— Pas de problème, ma chérie.

Elle lui prit le bras, et tous deux se dirigèrent vers le contrôle des billets.

— Le rendez-vous de ce matin a été très étonnant, commença-t-elle à lui raconter, tout en ne sachant pas très bien par où commencer.

— Avec Lewins ? Tu t'es inquiétée pour rien alors ? Il n'a pas renoncé à utiliser tes photos ? Il a bien fait de ne pas laisser filer un talent comme le tien…

Elle posa la tête sur son épaule.

— Ah, Steven, tu es toujours si gentil !

Il lui sourit.

— Mais il n'est pas venu, reprit-elle. Ce n'est pas Tom Lewins qui s'est présenté au rendez-vous…

Elle sortit son portable de son sac et le tendit à l'une des hôtesses pour qu'elle scanne les billets qu'elle avait réservés sur Internet.

Ils se dirigèrent ensuite vers les vestiaires.

— Comment ça ? Il n'est pas venu au rendez-vous qu'il a lui-même fixé ? s'étonna Steven en mettant sa veste dans le compartiment à code, dans lequel Juliet avait déjà déposé le sac qu'elle portait toujours en bandoulière.

— Un actionnaire du journal est venu à sa place. Bizarre, non ?

— Un actionnaire ? Tom Lewins ne croit plus en la liberté de la presse ? Si c'est le cas, les citoyens américains ont du souci à se faire…

Juliet fit la moue.

— À vrai dire, je ne comprends pas trop pourquoi il s'est désisté et a envoyé cet actionnaire à sa place… Tous deux sont amis, apparemment. En tout cas, l'homme que j'ai rencontré n'a pas l'air très à cheval sur l'indépendance de la presse. J'ai plutôt l'impression qu'il ne respecte que ses propres principes.

— Ce n'est pas très rassurant…

Juliet éclata de rire.

— Oh ! regarde cette lumière…

Les couleurs des toiles exposées dans la première salle les frappèrent aussitôt. Ils avaient l'impression de baigner dans une lumière aquatique et bleutée.

— C'est magnifique…

— Oui…

Steven se tourna vers elle.

— Mais avant de commencer l'expo raconte-moi ce qui s'est passé ce matin.

Juliet pencha la tête de côté.

— Cet actionnaire… Il ne voulait pas des photos sélectionnées par Lewins, mais il en a choisi d'autres. Du coup, moi, ça me va ! D'ailleurs, je trouve qu'il a raison. Son choix est plus audacieux, plus percutant, sans être racoleur.

— Bon, tu es contente alors ?

— Oui… Et puis, ce Theo Tsarakis… Il est vraiment incroyable, si tu savais !

Elle sentit la main de son beau-père se crisper sur son bras et vit un rictus s'afficher sur son visage.

— Steven, qu'est-ce qu'il y a ?

Il mit quelques secondes à lui répondre :

— Rien, ma chérie… Tout va bien, ne t'inquiète pas.

— Si, je m'inquiète justement. Depuis quelque temps, tu as toujours l'air soucieux et fatigué. Tu ne veux pas me dire ce qui se passe ?

Il secoua la tête et esquissa un sourire, mais Juliet n'avait aucun mal à deviner qu'il se forçait pour la rassurer.

— Rien du tout, je t'assure… Ce Tsarakis, comment est-il ?

Elle ne put s'empêcher de sourire à son tour en repensant à ses traits réguliers, à sa silhouette, au charisme et à la virilité qui se dégageaient de toute sa personne.

— Il est… *magnifique* ! s'exclama-t-elle. Beau, intelligent, très sûr de lui… J'ai l'impression de dresser le tableau de l'homme idéal, acheva-t-elle dans un éclat de rire.

— Tu ne le connais même pas…

— C'est vrai… Et pourtant c'est la première fois que je suis *vraiment* intéressée et intriguée par un homme. En effet, je viens tout juste de le rencontrer, mais qu'est-ce que ça change ?

Steven regarda quelques secondes ailleurs, comme s'il cherchait ses mots.

— Theo Tsarakis est un redoutable homme d'affaires. Je pense que tu ne devrais pas lui faire aussi facilement confiance, après l'avoir vu une seule fois, et dans des circonstances étranges.

Elle fronça les sourcils.

— Tu le connais ?

— Seulement de réputation.

— Et sa réputation n'est pas bonne ?

— En affaires, si. Il dirige une société de gestion de patrimoine, au sein de laquelle il administre et fait fructifier avec brio la fortune de milliardaires et de puissants chefs d'entreprise.

— Comme toi !

— Oui, si tu veux… Mais je ne travaille pas avec sa société. Ce que je veux te dire, c'est qu'avec les femmes sa réputation est tout autre. Il en change très souvent…

Juliet haussa les épaules en riant.

— Ah, voilà où tu voulais en venir ! Mais tu n'as pas à t'inquiéter pour moi, Steven. Je ne sais pas si tu t'en es rendu compte, mais je suis une grande fille, maintenant, dit-elle malicieusement.

— Promets-moi de faire attention. C'est un homme qui pourrait te blesser.

— C'est promis, répondit-elle en déposant un baiser sur sa joue. Et toi, promets-moi de ne plus te faire autant de souci, ni pour moi ni pour personne, et de te reposer.

Il soupira et lui sourit.

— J'essayerai de ne pas me faire *trop* de souci pour toi.

— Alors commençons par cette expo !

Mais tout le long de la visite elle sentit que Steven était ailleurs, soucieux, et rien ne put lui ôter l'impression désagréable qu'il était contrarié par sa rencontre avec Theo Tsarakis.

Qu'il ait peur qu'elle tombe amoureuse d'un homme qui ne se comporterait pas bien avec elle et lui ferait du mal, elle pouvait le comprendre. Après tout, Steven avait toujours agi comme un père avec elle… Sans compter qu'elle allait bientôt déménager, quitter le cocon familial.

Peut-être avait-il tout cela en tête.

Mais il y avait autre chose. Elle en aurait mis sa main au feu.

5.

Impossible de travailler. C'était bien simple, depuis une semaine elle n'arrivait à rien.

Elle releva la tête et baissa le bras, son appareil à la main. Vraiment, rien n'allait. Ni la lumière, ni le cadrage, ni les perspectives… Rien.

Une seule rencontre avec un homme avait suffi à lui faire tout oublier de sa technique et de sa sensibilité ? Jusqu'à son envie de travailler, qui la faisait se lever aux aurores quasiment tous les jours depuis des années maintenant ?

Si c'était le cas, le désir et les relations amoureuses étaient une épouvantable catastrophe, pensa-t-elle en grimaçant, découragée.

Si au moins Theo Tsarakis lui avait donné signe de vie depuis leur rencontre au Mandarin oriental, elle aurait pu essayer de contraindre son cerveau à se détourner de la seule pensée qui l'occupait toute la journée ! Sans nouvelles de lui, elle ne faisait qu'attendre, attendre encore et essayer sans grand succès de s'occuper pour accélérer le passage des heures.

Depuis une semaine, elle avait l'impression de traverser un tunnel sombre, susceptible de déboucher aussi bien sur une scène idyllique et paradisiaque que sur un paysage morne et triste. Chaque jour, elle ne cessait d'alterner entre la conviction absolue que Theo allait l'appeler et celle, tout aussi forte, qu'elle ne le reverrait jamais.

Elle soupira avec lassitude.

Bien, puisqu'elle était pareille à une adolescente, incapable de fixer son attention sur autre chose que le garçon qui faisait battre son cœur – elle eut un sourire d'autodérision en repensant à ses années de collège et de lycée, où elle s'était si souvent moquée de ses camarades tombées dans ce qui lui paraissait alors être un vrai traquenard –, il ne lui restait plus qu'à arrêter de travailler pour aujourd'hui.

De toute façon, elle perdait son temps, conclut-elle en regardant l'heure sur son portable.

13 heures. Pourquoi ne pas quitter le Queens pour quêter un peu de réconfort dans sa pâtisserie préférée de Greenwich Village, la Magnolia Bakery de Bleecker Street ? Puisqu'elle était en train de se transformer en héroïne larmoyante de sitcom, elle estimait avoir le droit de savourer un cheese-cake au citron accompagné d'un immense cappuccino. Ainsi, elle prendrait cinq kilos d'un seul coup et perdrait tout espoir d'attirer de nouveau l'attention de Theo Tsarakis, qui ne devait aimer que les femmes minces aux courbes parfaites. Résultat, elle pourrait redevenir cette personne sérieuse, responsable et lucide qu'elle avait toujours pensé être.

Elle rangea son matériel dans son sac et se dirigea vers le petit *diner* aux murs de briques rouges où elle avait laissé son sac à dos. En entrant dans la salle, elle salua Sam, le patron, qu'elle connaissait bien depuis qu'elle arpentait le quartier avec son appareil. Deux de ses photos, en noir et blanc, étaient encadrées et affichées dans son établissement, parmi d'autres œuvres, ce qui faisait la fierté de Juliet.

— Je récupère mon sac à dos, annonça-t-elle.

— Tu rentres déjà ? s'étonna l'homme de soixante ans derrière le bar. Tu as trouvé ce que tu cherchais aujourd'hui ?

— Non, rien de rien, maugréa-t-elle. Je n'ai aucune inspiration !

— Ça sera pour demain, alors, lui dit Sam d'un ton rassurant.

Demain ? Peut-être, à condition qu'elle se soit sorti ce Theo Tsarakis de la tête.

Juliet prit le métro à la station Broadway et en sortit à Bleecker Street. Pourvu qu'il n'y ait pas trop de monde chez Magnolia Bakery : depuis que la série *Sex and the City* l'avait rendue célèbre, la boutique créée dans les années 1990 ne désemplissait pas. D'autres enseignes s'étaient ouvertes dans la ville, mais c'était sa préférée. Quand elle y entrait, elle avait l'impression de devenir l'une de ces jolies citadines émancipées, drôles et pleines d'esprit, qui peuplaient les séries américaines, de voir un New York idéalisé se déployer sous ses yeux comme un décor de cinéma.

Mais ce qu'elle aimait par-dessus tout, c'était se rendre sur la Cinquième Avenue et flâner devant les boutiques de luxe – et devant Tiffany, bien sûr. Jamais elle n'y passait sans y faire une légère halte ; elle avait ainsi l'impression qu'Audrey Hepburn se tenait à ses côtés, dans sa petite robe noire élégantissime, qu'elle se tournait vers elle et lui offrait son merveilleux sourire, plein de mélancolie et de tendresse. *Breakfast at Tiffany's* était l'un de ses films préférés, et elle devait bien l'avoir vu cinquante fois, au grand désespoir de sa mère qui n'aimait pas les films « sentimentaux ».

Au moment où elle traversait la rue pour entrer dans la pâtisserie, elle sentit son portable vibrer. Aussitôt, son cœur se mit à battre plus vite, et ses mains devinrent moites. Elle se hâta d'ouvrir son sac et d'en extraire son téléphone, faisant tomber au passage son rouge à lèvres, ses tickets de métro et ses clés, qu'elle se pencha pour ramasser tout en répondant.

Un numéro inconnu…

— Allô, Juliet ?

Mon Dieu, cette voix ! Rien que pour l'entendre, elle aurait couru un marathon, traversé l'Atlantique en solitaire…

Il ne se présenta même pas. Évidemment, il était sûr qu'elle l'avait reconnu à la première seconde.

— Vous allez bien ?

— Euh, oui…

Bravo ! Cela faisait des jours qu'elle attendait ce moment, et elle n'était capable que de balbutier ces deux mots…

— Je suis de retour à New York et je me demandais si vous étiez disponible.

Attention, elle devait à tout prix se concentrer et formuler une réponse sensée. Sinon, il allait raccrocher en pensant qu'elle était devenue stupide…

— Quand ?

Bon, sa voix était un peu trop aiguë, mais elle ne s'en était pas trop mal sortie. Du moins l'espérait-elle !

— Pourquoi pas maintenant ? Vous êtes occupée ?

Qu'aurait-il dit si elle lui avait avoué qu'elle était disponible n'importe quand pour lui, qu'elle ne parvenait pas à travailler depuis leur rencontre parce qu'elle pensait sans cesse à lui, nu de préférence… et en train de l'embrasser ?

— Non… Je veux dire, on peut se voir maintenant.

— Merveilleux ! Nous pouvons nous retrouver près de Bethesda Fountain, à Central Park ? Dans une heure, ça vous va ?

Bethesda Fountain… Sans doute l'un des endroits les plus romantiques de New York… Était-ce délibéré de sa part ? Un frisson courut le long de son dos quand elle imagina qu'il avait choisi ce lieu pour mieux l'y séduire.

— Je ne suis pas très loin, pas de problème.

— Parfait ! À tout à l'heure alors.

Après avoir raccroché, Juliet regarda ses mains et se rendit compte qu'elles tremblaient. Elle prit une profonde inspiration. Si elle en croyait sa réaction lorsqu'elle avait entendu le son de sa voix au téléphone, elle risquait la syncope au moment de se retrouver en face de lui.

Mais peut-être serait-il moins beau que dans son souvenir ? C'était son seul espoir pour réussir à se comporter normalement…

Elle jeta un coup d'œil à la vitrine colorée et appétissante de Magnolia Bakery. Plus question de cheese-cake au citron désormais : elle aurait été incapable d'avaler quoi que ce soit tant elle se sentait nerveuse. En revanche, elle avait envie de faire toutes les boutiques de prêt-à-porter sur son chemin afin de trouver la tenue idéale, ravissante, sexy et élégante, avant sa rencontre avec le plus bel homme du monde à Central Park.

Aussitôt, elle héla un taxi : il lui restait à peu près une demi-heure pour dénicher la toilette parfaite, celle qu'Audrey Hepburn aurait choisie pour faire chavirer le cœur de l'homme qu'elle voulait conquérir.

Surplombant la rive sud du lac de Central Park, Bethesda Terrace et sa célèbre fontaine, avec sa sculpture représentant l'Esprit des eaux, constituaient l'un des joyaux architecturaux de Manhattan.

L'arcade souterraine, surtout, était spectaculaire, et donnait aux visiteurs l'impression d'entrer dans un autre univers. C'était la Minton & Company, en Grande-Bretagne, qui avait produit à la main chacun des seize mille carreaux cirés insérés dans les quarante-neuf panneaux du plafond.

Juliet jeta un regard autour d'elle et se sentit un peu désappointée : Theo n'était pas encore arrivé. Mais au même moment elle sentit une main se poser sur son épaule, et une décharge électrique la parcourut tout entière.

Elle se retourna.

Si elle avait espéré qu'en une semaine Theo serait devenu beaucoup moins séduisant, elle s'était lourdement trompée… Il était plus beau que jamais. Une barbe naissante et des cheveux légèrement en bataille encadraient son visage aux traits d'une perfection sans pareille.

— Bonjour, Juliet…

Elle ne put s'empêcher de lui adresser un sourire radieux. La vérité, c'était qu'elle était follement heureuse de le voir et qu'elle n'avait aucune envie de le lui cacher. Elle n'avait jamais rien eu d'une midinette, elle n'allait pas commencer à faire des mystères. Cet homme lui plaisait, comme jamais aucun autre avant lui, et elle le désirait intensément.

— Vous êtes ravissante…

Elle se sentit rougir. Avait-il remarqué sa tenue ? La trouvait-il trop habillée ? Elle portait une petite robe noire qui lui arrivait juste au genou, agrémentée d'une large ceinture de cuir rouge qui faisait ressortir sa taille fine, et des escarpins assortis à bout ouvert.

Devant le miroir de la boutique, elle avait coiffé ses cheveux bruns en un chignon lâche et s'était réjouie d'avoir pensé le matin même à accrocher des dormeuses or et grenat à ses oreilles. Après avoir hésité un instant, elle avait mis une touche de gloss sur ses lèvres et un peu de mascara sur ses cils.

Devinait-il qu'elle avait voulu être jolie ? Cela n'aurait guère été étonnant, vu l'expérience qu'il devait avoir des femmes… Alors qu'elle, côté expérience… Mais elle se rassura en se persuadant qu'au moins il ne pouvait deviner qu'elle avait acheté sa tenue un quart d'heure plus tôt à peine.

— J'imagine que vous êtes venue de nombreuses fois ici, dit-il.

— Pas tant que ça, en vérité…

— Ah, vous n'êtes pas une adepte des rendez-vous romantiques ?

— Pourquoi, c'est votre cas ?

Il éclata de rire.

— Pas vraiment. Mais j'avais envie de voir cet endroit près duquel je passe souvent sans jamais y mettre les pieds.

— Toujours obnubilé par le travail ?

— Oui, on peut le dire.

— Vous dirigez une société de gestion de patrimoine, c'est bien ça ?

Il fronça les sourcils d'un air ironique.

— Vous avez fait des recherches sur moi ?

Elle haussa les épaules.

— Des recherches sur Internet, vous voulez dire ? Je n'en ai pas eu besoin : mon beau-père est dans les affaires, et il vous connaît de réputation. C'est lui qui m'a appris dans quel domaine vous travaillez.

Les traits de Theo semblèrent se durcir imperceptiblement. Se trompait-elle ou avait-elle vu passer une ombre sur son visage ?

— Ah, vraiment ? Il me connaît *de réputation* ?

— Cela vous ennuie ?

— Pas du tout.

Elle le vit prendre une inspiration et sourire de nouveau.

— Puis-je vous proposer de marcher un peu ?

— Avec plaisir.

Comme toujours au printemps, et en dépit des nombreux joggeurs, promeneurs et touristes, les vastes pelouses et allées d'arbres verdoyantes donnaient une impression de fraîcheur et de nature comme nulle part ailleurs dans New York. Du reste, marcher à côté de cet homme si séduisant, qui occupait ses pensées et ses rêves depuis une semaine, ne faisait qu'accroître cette sensation de nouveauté, de légèreté et d'excitation.

Si Joyce l'avait vue en cet instant, elle se serait bien moquée d'elle…

— Alors, vous êtes née à New York, n'est-ce pas ? demanda-t-il.

— Oui, je suis une New-yorkaise pur souche ! répondit-elle avec une moue d'autodérision. À tel point que je me demande si je pourrais un jour vivre ailleurs… Non seulement j'aime cette ville, mais j'en ai fait le principal sujet de mon travail de photographe. Depuis que je suis toute petite, je m'intéresse à sa géographie, son histoire… Pour moi, des lieux comme Ellis Island vibrent encore de l'écho du passé et me font rêver. Parfois, il me semble que New York est le pouls du monde. Avec ses terribles inégalités, sa violence parfois, mais aussi sa richesse, sa vitalité, son architecture audacieuse et inventive, elle réunit tant de problématiques contemporaines…

Theo l'écoutait d'un air pensif.

— Je comprends. New York est une ville fascinante, qui incarne une forme très puissante de modernité. Mais tout de même, vous n'avez jamais eu l'envie d'explorer le monde ?

— Oh si… Rassurez-vous, je prends des vacances, parfois ! s'exclama-t-elle en riant. Et depuis quelque temps je songe à visiter d'autres villes des États-Unis pour élargir mon champ d'étude… À vrai dire, ma mère adore voyager et elle m'a traînée partout quand j'étais enfant. À l'adolescence, je me suis révoltée contre cette frénésie de déplacements. Je n'aime pas découvrir de nouveaux lieux en y passant seulement quinze jours, dans un contexte privilégié qui empêche d'avoir une vue d'ensemble, forcément plus complexe.

Elle haussa les épaules.

— Ce que j'aime, c'est comprendre les habitants de l'endroit que je découvre, que ce soit une mégapole ou un village, un coin de campagne, de montagne… Tout m'intéresse. Mais New York, c'est *ma* ville.

Il détourna la tête.

— Votre mère… C'est un ancien mannequin, n'est-ce pas ?

— Oui… Vous savez ça ? demanda-t-elle, étonnée.

— Elle a été célèbre.

— C'est vrai, mais comment… Elle ne porte pas le même nom que moi…

Il sourit.

— Vous n'êtes pas la seule à vous être renseignée cette semaine. J'aime bien savoir avec qui je travaille et je trouve toujours les informations qui m'intéressent.

— Vous faites systématiquement une enquête sur les parents des personnes avec lesquelles vous avez des rapports professionnels ? dit-elle d'un air moqueur.

Il leva les mains en signe d'excuse.

— En général, non, je l'avoue… Sans doute que vous m'intriguez et que je suis plus curieux que d'habitude.

Elle tourna la tête pour lui dissimuler sa confusion.

— Ma mère a été mannequin pendant de nombreuses années, c'est vrai. Maintenant, elle a une entreprise de prêt-à-porter, des vêtements de sportswear… Très chics, bien sûr ! Sa société fonctionne bien.

— C'est une belle reconversion.

— Oui, non seulement elle est très belle, mais elle a un sens certain des affaires !

— Et vous vous entendez bien avec votre père ? Je veux dire, votre père biologique ?

— Oh ! je ne le vois presque jamais, répondit-elle d'un air désinvolte.

— Vraiment ? À cause de sa carrière d'acteur ? Oui, je sais cela aussi…

Elle haussa les épaules.

— Oh ! non, pas vraiment… Je dirais plutôt qu'il n'était pas du tout fait pour être père.

— Et cela ne vous a pas manqué ?

— Si… Un peu. Parfois. Mais pas tant que ça ! lâcha-t-elle en souriant. Bien sûr, je me dis qu'un jour je pourrai tenter de nouer des liens plus riches avec lui. Mais je ne suis pas sûre d'en avoir envie. Peut-être plus tard… Et puis, j'ai un beau-père formidable qui a remplacé haut la main mon père démissionnaire.

Theo s'immobilisa, comme si ses paroles l'avaient profondément étonné. Juliet fit de même et le regarda avec surprise.

— Vous aimez les glaces ? dit-il alors.

Voulait-il changer de sujet ?

Après quelques pas, ils s'arrêtèrent devant le kiosque d'un glacier.

— Quels parfums vous feraient plaisir ? lui demanda-t-il.

— Mangue et citron, répondit-elle sans hésiter, ce qui le fit rire.

Mon Dieu, qu'il était beau ainsi ! Il semblait se consacrer à l'instant présent, oubliant ses soucis. Et, vu le métier qui était le sien, ceux-ci devaient être nombreux.

— Et vous, quels parfums ?

— Chocolat et café.

— Pas mal non plus, approuva-t-elle avant de goûter sa boule de mangue, juchée au sommet du cornet qu'il lui avait tendu.

Tout en savourant son sorbet délicieusement fruité, elle plongea les yeux dans ceux de Theo. Soudain, elle vit naître une lueur de désir ardent dans son regard, et son corps réagit aussitôt en paraissant s'embraser.

— Il y a beaucoup de monde, ici, vous ne trouvez pas ? murmura-t-il.

Elle hocha la tête, incapable d'articuler une réponse cohérente.

— Nous pourrions finir notre glace, et puis aller chez moi.

Elle se figea de surprise devant sa proposition audacieuse et directe, avant de se détendre d'un coup. Oui, bien sûr qu'elle avait envie d'aller chez lui… Elle n'attendait que ça depuis une semaine ! Elle n'allait pas tergiverser et faire semblant de réfléchir à la question avant de lui donner une réponse.

— D'accord, lança-t-elle avec franchise.

Il se tut un instant, la regardant intensément, puis il lui sourit.

— Mais avant, dit-il en lui prenant le bras, nous allons flâner un peu sur la Cinquième Avenue, ça vous tente ?

— Si ça me tente ? Oui, bien sûr ! Je suis une fan absolue d'Audrey Hepburn.

Il éclata de rire. Oui, quand il riait ainsi, spontanément, librement, il était magnifique, et Juliet sentait son cœur se dilater de joie et d'espoir.

Ils s'arrêtèrent devant Tiffany, le joaillier rendu mondialement célèbre par le film de Blake Edwards.

— J'aime tellement cet endroit…, expliqua la jeune femme avec ravissement.

Theo l'observait tandis qu'elle étudiait la devanture de chez Tiffany. Décidément, Juliet Widehouse était ravissante, pleine de charme, de légèreté, et en même temps d'intelligence et de profondeur. Elle s'intéressait aux autres, elle était pleine d'empathie, de compassion… et elle aimait les plaisirs de l'existence. Même quand elle mangeait une simple glace, elle avait le don de savourer le moment.

Et puis, elle ne cherchait pas à cacher son désir. Spontanée, honnête, libre, elle avait accepté de le suivre chez lui comme si c'était une évidence… Il n'avait guère l'habitude de voir ce genre de comportements chez les jeunes femmes qu'il fréquentait : des femmes qui savaient très bien ce qu'elles voulaient mais qui essayaient toujours de travestir leurs désirs derrière d'autres motifs, ça, c'était son quotidien.

Quant à lui, il n'avait qu'une envie : l'enlacer, l'embrasser, la déshabiller et la posséder…

Il posa les mains sur ses épaules et la fit pivoter vers lui. Il sentit qu'elle tremblait, et étrangement cela l'émut. Mais il chassa aussitôt cette sensation.

— Vous êtes aussi jolie qu'elle, vous savez ?

— Qui ça ?

— Qu'Audrey Hepburn, bien sûr.

Il se pencha vers elle et posa les lèvres sur les siennes. Elles étaient pleines, sensuelles. Elle avait l'odeur et la fraîcheur des fruits d'été… S'il n'arrêtait pas tout de suite de l'embrasser, il allait lui faire l'amour ici même.

— Je crois qu'il vaudrait mieux rentrer… J'ai terriblement envie de t'embrasser sans témoins.

Les joues empourprées, les yeux brillants, elle respirait vite.

— Oui, allons-y.

Theo se tourna et héla un taxi qui passait. Puis il attrapa la main de Juliet, et tous deux s'installèrent sur la banquette arrière.

— Jones Street, s'il vous plaît.

— C'est comme si c'était fait ! répondit le chauffeur.

Theo se pencha à l'oreille de Juliet.

— J'espère bien qu'il va aller très vite…, murmura-t-il.

Elle prit une brève inspiration, ce qui l'excita encore plus. Sous l'étoffe de sa robe, ses seins ronds se soulevaient à un rythme rapide, et il avait envie de les prendre dans ses mains pour les pétrir.

Belle et voluptueuse comme une déesse…

En cet instant, il oubliait presque les raisons qui l'avaient poussé à la rencontrer… Si elle avait su ce qu'il tramait en ce moment même contre son « formidable » beau-père, elle l'aurait giflé et serait sortie de la voiture en toute hâte.

Or, il n'avait aucune envie de la laisser filer…

6.

Le souffle court, Juliet vit Theo se pencher vers elle et passer un bras autour de ses épaules. Ce contact, la chaleur qui émanait de son corps l'enivrait jusqu'à lui faire perdre sa lucidité. Elle percevait l'odeur de son after-shave poivré et citronné… Malgré elle, elle ferma les yeux et renversa légèrement la tête en arrière contre son bras. Cela faisait des jours qu'elle y pensait, qu'elle en rêvait… et son rêve se réalisait aujourd'hui.

Le taxi s'immobilisa devant une haute bâtisse de briques rouges : dans la célèbre rue de Jones Street, la plupart des maisons dataient du début du XXe siècle. De grands arbres et le lierre des façades donnaient une impression paradoxale de nature et de calme, alors qu'on se trouvait au cœur de la ville.

C'était un peu étonnant que Theo habite ici. Elle l'aurait plutôt imaginé choisissant un quartier très moderne et branché de New York.

Theo paya le chauffeur et prit la main de Juliet pour l'aider à sortir de la voiture.

— Alors, c'est chez toi ? demanda-t-elle en levant la tête.

— Oui, ma maison new-yorkaise.

— C'est un vrai décor de comédie romantique !

Il haussa les sourcils.

— Je préfère me rappeler que Bob Dylan a rendu

cette rue célèbre avec la pochette de son disque *The Freewheelin'*.

Elle lui adressa un sourire malicieux.

— Tu fais toujours ça ?

— Quoi donc ?

— T'appliquer à faire comprendre à une femme que tu n'es *en rien* romantique ?

— Je ne me souviens pas qu'aucune ait jamais pu conclure que je l'étais, en effet.

— Alors je te le confirme : ton cas est désespéré…

Il rit en ouvrant la porte et s'effaça pour la laisser entrer.

De beaux tapis orientaux ornaient le parquet du vestibule, très lumineux grâce à de grandes fenêtres. Mais elle n'eut pas le temps d'observer davantage les lieux : Theo s'était placé dans son dos et embrassait sa nuque, la faisant frissonner longuement.

Incapable de résister, elle renversa la tête en arrière, s'abandonnant déjà à son désir.

— Theo…

— Viens, ne restons pas là. Ma chambre est à l'étage.

D'un geste fluide, il la souleva sans effort dans ses bras et gravit les marches.

— Tu es fou, je suis beaucoup trop lourde ! protesta Juliet dans un éclat de rire, les mains nouées derrière son cou.

— Tu m'as déjà fait le reproche de ne pas être romantique, et voilà que maintenant tu sous-estimes ma puissance musculaire, rétorqua-t-il en riant lui aussi. Je vais finir par me vexer…

Il entra dans une chambre au beau parquet verni. Un lit immense y trônait, couvert de draps en lin blanc. Les murs étaient gris perle, et de lourds rideaux de coton brut ornaient de larges fenêtres.

Il la déposa devant le lit et prit son visage en coupe entre ses mains.

— Tu vois, je ne suis pas épuisé. À vrai dire, en ce moment, je crois que rien ne pourrait m'épuiser…

Juliet ne pouvait détourner les yeux des siens, si bleus. En cet instant, devinait-il à quel point il lui plaisait, combien elle avait attendu de le revoir ?

Commettait-elle une folie en se livrant ainsi ? Le désir qu'elle ressentait pour lui était bien trop fort pour qu'elle réfléchisse davantage à cette question. Ce à quoi elle voulait prêter attention, c'était à son corps, qui vibrait pour la première fois de sa vie. Elle était vivante comme jamais encore… Même quand elle avait la sensation d'avoir réussi une photo et qu'elle éprouvait une joie et une plénitude profondes, ce n'était pas aussi intense, pas aussi… complet. Pour le moment, rien d'autre ne comptait que les mains grandes et puissantes de Theo posées sur ses joues, son regard bleu dans lequel elle se noyait, son corps musclé, fait pour l'aventure, les exploits sportifs, pour l'amour…

Quand il approcha ses lèvres des siennes, elle réprima un gémissement. Ce qu'elle vivait était si merveilleux, si délicieux. Dire qu'elle n'avait jamais imaginé que cela lui arriverait un jour… Dire qu'elle pensait que seul son travail comptait… Comme elle s'était trompée ! Et comme elle était heureuse qu'il lui ait ouvert les portes de cet univers !

Ses lèvres étaient fermes et chaudes, et elle baissa les paupières sous leur douce pression. Mais elle en voulait plus… Elle mordilla la lèvre inférieure de Theo et le sentit se tendre contre elle.

Il posa une main sur ses reins et, de l'autre, caressa sa poitrine. Aussitôt, ses tétons réagirent, et elle se liquéfia tout entière sous l'effet du désir. Elle alla chercher sa langue, et il lui répondit avec passion, la serrant plus fort contre lui, lui faisant sentir son sexe dur et dressé.

Soudain, il s'écarta à la hâte pour enlever sa chemise, et Juliet caressa son torse et ses pectoraux dessinés, d'une douceur de velours.

Il lui prit les poignets.

— Attends avant de me toucher, déshabille-toi d'abord. Tu es si belle… Je veux te voir nue.

— Mais j'en ai envie…

— Enlève cette robe et tu pourras me faire tout ce que tu veux après…

Électrisée par ces paroles, Juliet ôta sa ceinture et fit glisser sa robe au sol dans un léger bruissement. À présent, elle ne portait plus qu'une culotte en dentelle noire ainsi qu'un soutien-gorge assorti.

Il effleura sa poitrine, dont les tétons se durcirent.

— J'ai envie de toi, murmura-t-il en prenant ses seins dans ses mains.

Puis il passa une main dans sa culotte et gémit contre sa bouche. Il glissa un doigt dans son sexe, puis vint jouer avec son clitoris. Juliet poussa un cri de plaisir.

— Tu aimes ça ? demanda-t-il dans un souffle rauque. Dis-moi ce que tu aimes…

Elle lui prit la main et le guida, mimant de souples mouvements circulaires. C'était si bon… Avec lui, elle avait l'impression de tout pouvoir oser. Il se pencha pour l'embrasser encore et encore, avec une fièvre nouvelle.

— Theo, gémit-elle. J'ai envie de toi… J'ai envie de te sentir en moi…

Il l'attira sur le lit et s'allongea près d'elle.

— Attends juste un peu…

Elle lui caressa le torse, les épaules, effleura son ventre aux abdominaux bien dessinés, avant qu'il se penche pour embrasser ses seins. À travers la dentelle noire de son soutien-gorge, il prit un téton dans sa bouche pour le sucer. C'était délicieux... Terriblement érotique.

Elle s'arc-bouta sur le lit quand il titilla son téton avec les dents.

Il descendit plus bas, vers son ventre, puis il écarta sa culotte sans la lui enlever et mit la tête entre ses jambes. Il embrassa tendrement son sexe, son clitoris gonflé de désir. Le contact de sa langue était une véritable torture, qui provoquait en elle une montée de plaisir d'une telle violence qu'elle n'allait pas pouvoir le contrôler...

Soudain, Theo s'éloigna, lui ôta prestement ses sous-vêtements et reprit sa bouche avec fièvre.

Puis il la pénétra d'un mouvement de reins puissant et fluide, et Juliet, le plaquant contre elle, sentit peu à peu la vague de sensations monter de nouveau et s'amplifier, impossible à arrêter.

— Je veux te voir jouir..., chuchota-t-il à son oreille.

S'abandonnant, Juliet releva les bras au-dessus de sa tête et cria quand l'orgasme la terrassa, sous le regard brûlant de Theo. Une seconde plus tard, dans un ultime coup de reins, il éclata en elle.

Jamais il n'avait ressenti ça en faisant l'amour avec une femme. Possédé par son désir, il avait tout oublié en se perdant en elle. C'était extraordinaire mais très déstabilisant.

Juliet avait-elle un pouvoir unique que les autres ne possédaient pas ?

Et il avait déjà envie de recommencer...

Pour la première fois, Theo se demanda ce qui allait *vraiment* se passer quand elle saurait la vérité, car en cet instant, étendu près d'elle dans son lit, il redoutait étrangement de la perdre à tout jamais.

Serait-il rassasié quand elle comprendrait qu'il avait ruiné Steven Portman ?

Serré contre son dos, il sentait l'odeur de sa belle chevelure brune, distinguait la boucle d'oreille en or à son lobe, un grain de beauté sur sa nuque… Sa beauté féminine et voluptueuse, la délicatesse de son cou, de sa mâchoire, ses hanches rondes… Tout son corps l'émouvait.

Comme par magie, elle lui faisait négliger sa colère… Ce qu'il ne pouvait se permettre. Cela aurait remis en cause tout ce qu'il avait pensé et élaboré ces derniers mois, et qui l'avait aidé à supporter sa solitude, sa déception et sa douleur.

S'il laissait l'emprise de la colère se déliter, il ne s'en remettrait pas.

Il n'y avait qu'une solution : faire l'amour à Juliet autant de fois qu'il le faudrait pour ensuite pouvoir la chasser de son esprit, de sa vie, et l'oublier.

Quand Steven Portman saurait que par sa faute sa belle-fille qu'il adorait avait été blessée, qu'elle souffrait à cause de ce qu'il avait fait trente ans plus tôt, cela parachèverait sa vengeance. Car Juliet ne pardonnerait pas à son beau-père de l'avoir rendue victime de sa lâcheté passée. Elle le rejetterait quand elle comprendrait qu'il n'avait rien du merveilleux père de substitution qu'elle imaginait.

Alors Portman aurait tout perdu, et lui pourrait retrouver sa mère, lui annoncer qu'il l'avait vengée. Et peut-être aurait-il la force de rentrer au sein de sa famille, d'affronter le regard de son père, de ses frères.

Juliet bougea contre lui, le ramenant au présent : il n'avait aucune envie de penser à tout cela pour l'instant. Le seul mouvement de Juliet contre lui avait suffi à l'exciter de nouveau.

Elle rit doucement.

— Je vois que tu n'es toujours pas épuisé…

— Loin de là ! murmura-t-il contre son oreille. Il m'en faudra beaucoup plus, je crois, avant que je commence à ressentir l'effet de la fatigue.

Sans se retourner, la jeune femme prit son sexe entre ses doigts graciles et amorça un va-et-vient soutenu, le faisant grandir et durcir. Submergé par le désir, Theo glissa la main entre ses jambes. Elle gémit et se cambra contre lui.

Impossible d'attendre plus longtemps… Elle le rendait fou. Theo posa les mains sur ses hanches et la pénétra, enfouissant le visage dans ses cheveux, embrassant sa nuque. D'une main, il la tenait plaquée contre lui, de l'autre il caressait ses seins et son clitoris. Quand il la sentit se tendre contre lui en criant de plaisir, il éprouva une étrange joie, sauvage, puissante, avant de la rejoindre à son tour dans la jouissance.

Juliet claqua la portière du taxi et lança en soupirant un regard vers la librairie illuminée.

Elle ne l'aurait bien sûr jamais avoué à Joyce, mais elle aurait préféré rester avec Theo… ne jamais quitter son lit, ses bras solides et musclés… Mais elle avait promis à son amie qu'elle serait là le jour de cette soirée importante pour elle. Éditrice dans une grande maison d'édition, Joyce avait publié le premier roman d'une jeune autrice, et l'ouvrage venait de recevoir un prix littéraire notable.

Joyce avait organisé cette soirée pour fêter l'événement.

Dès qu'elle entra dans la librairie où, une coupe de champagne à la main, les invités discutaient avec animation, Juliet repéra Joyce et la vit venir à elle, un sourire heureux aux lèvres.

— Ah, Juliet, te voilà enfin ! Je t'attendais, lui dit son amie d'un air mystérieux en glissant un bras sous le sien.

La jeune femme portait un tailleur-pantalon vert olive très élégant, avec de hauts talons dorés.

— Joyce ! Que tu es chic ! Je n'ai pas la tenue adéquate, si ?

Son amie fit mine d'étudier sa tenue, qu'elle était à la hâte passée mettre chez elle après son après-midi avec Theo : un T-shirt en lin blanc, un blazer et un jean noir, portés avec des escarpins assortis.

— Tu es parfaite, comme d'habitude. Tu pourrais venir en jogging, tu serais encore resplendissante. C'est très injuste, tu le sais ?

Juliet éclata de rire.

— Disons que nous sommes pas mal !

— Pas mal ? Mais nous sommes les plus belles, ma chère ! Bon, mais ce n'est pas pour échanger des compliments avec toi que je t'attendais... Igor Browski est ici ! Tu sais, le rédacteur en chef du célèbre hebdomadaire *Modern Times*... et je veux te le présenter.

— Igor Browski est là ? demanda Juliet, surprise.

— Eh oui... Il s'avère qu'Igor est un ami de ma jeune autrice. Tu vois, cette soirée va aussi être un moment important pour toi, je le sens. Tu seras récompensée de l'effort que tu as fait en venant me soutenir.

Juliet haussa les épaules.

— Quel effort ?

— Je sais que tu détestes les mondanités. Pourtant, avec ta mère, tu devrais être habituée.

— Justement, c'est peut-être le problème... Elle m'a emmenée à tellement de fêtes, réceptions, inaugurations, que j'en ai eu assez pour le restant de ma vie. Sauf pour toi !

Joyce la serra dans ses bras.

— Allez, viens, suis-moi.

Les deux jeunes femmes s'approchèrent d'un homme d'une bonne soixantaine d'années, grand et très mince, les cheveux blancs, qui regardait les livres exposés sur les tables de la librairie.

— Quelque chose vous plaît ? demanda Joyce en arrivant à sa hauteur.

Il se tourna avec un sourire ironique.

— Beaucoup de production pour peu de talent, non ?

Joyce secoua la tête en riant.

— Vous exagérez... mais je vous pardonne, le sarcasme fait votre charme. Je vous présente mon amie Juliet Widehouse, la photographe dont je vous ai parlé. Je vous laisse discuter ensemble, ajouta-t-elle avant de s'éloigner pour s'occuper des autres invités.

— Enchanté, mademoiselle, la salua Igor Browski en lui tendant la main. Sachez que votre amie est un excellent imprésario. Ce qu'elle m'a dit de votre travail a suscité ma curiosité.

— Vraiment ? Joyce est trop gentille...

— Je cherche toujours de nouveaux talents. Vous travaillez pour des journaux, des magazines ?

— Un peu, je commence... Je me suis vraiment lancée depuis un an et je viens de vendre deux photos au *New York Tribune*, pour un article de fond sur la paupérisation à New York.

— Oh ! le *New York Tribune* ? Très bien. Mais alors vous connaissez Tom Lewins ?

— Oui, acquiesça Juliet. Je l'admire beaucoup pour sa carrière... Je suis très fière qu'il se soit intéressé à mon travail... tout comme Theo Tsarakis, un des actionnaires du journal. Il a participé au choix des clichés.

Pourquoi avait-elle ajouté ça ? se maudit-elle aussitôt. Elle se sentait tellement ridicule à présent...

Igór Browski fronça les sourcils.

— Je pensais que Lewins se serait fait pendre plutôt que de demander son avis à un actionnaire…

Juliet secoua la tête en riant pour dissimuler son embarras.

— Oui, mais c'est un actionnaire… à titre individuel, on dit comme ça, je crois ? Et surtout, tous les deux sont amis.

— Ah bon ? Étonnant… C'est très inhabituel comme façon de travailler. Lewins devient peut-être un peu mou et complaisant devant les puissances financières. On observe souvent cela chez les journalistes en fin de carrière, ajouta-t-il d'un ton tranchant. Oh… N'ayez pas l'air si embêtée, mademoiselle. J'aime bien Tom, soyez-en sûre… S'il a fait comme ça cette fois-ci, c'est qu'il avait ses raisons. De très bonnes raisons.

Juliet se força à sourire.

— Je vous laisse ma carte, d'accord ? reprit le rédacteur en chef. N'hésitez pas à m'envoyer des choses intéressantes pour mon magazine. Et puis, je n'aime pas laisser les bons photographes au *New York Tribune*…

Igor Browski s'inclina légèrement pour la saluer.

— Je vais dire au revoir à votre amie et rentrer chez moi. Je crois que j'ai eu mon compte de rencontres et de livres pour ce soir…

Juliet le regarda prendre congé de Joyce et sortir sans un regard pour les autres invités. Quelle élégance, quelle indépendance d'esprit ! Un jour, elle l'espérait, elle aurait cette force de caractère… avec tout de même un peu moins d'arrogance et de misanthropie ! pensa-t-elle en se dirigeant vers son amie, qui remettait en place une pile de livres sur une table de présentation.

Joyce lui sourit en la voyant arriver.

— Alors, tu as pu parler avec Igor ? C'est une rencontre

intéressante, non ? Peu importe son mauvais caractère, si tu parviens à travailler avec lui, ça donnera un sérieux coup d'accélérateur à ta carrière.

Juliet leva les mains devant elle.

— Ce serait la chance de ma vie, tu veux dire ! Après ça, je serais reconnue dans le métier, et je n'aurais plus à démarcher les journaux et les magazines pour tenter de les intéresser à ce que je fais…

Joyce approuva avant de se pencher vers elle et de lui demander à voix basse :

— Bon, assez parlé travail… Tu viens d'où ?

— Pourquoi tu me demandes ça ? s'enquit Juliet avec un petit rire nerveux.

— Oh ! peut-être parce que tu as le regard brillant, les joues roses, un léger sourire aux lèvres alors que rien, à part mon humour ravageur, ne le justifie… Je pencherais pour un rendez-vous sentimental. Tu étais avec un homme, c'est ça ?

Juliet leva les yeux au ciel.

— Impossible d'avoir une quelconque vie privée, avec toi…

— Je le savais ! lança Joyce d'un ton triomphant. Qui est-ce ?

— Tu ne le connais pas.

— Dis-moi au moins comment il s'appelle !

— Theo, répondit-elle à contrecœur.

Pour l'instant, elle n'avait pas envie de parler de lui, mais de garder leur rencontre pour elle, dans le secret de son cœur.

Son amie croisa les bras sur sa poitrine.

— Je n'en saurai pas plus, c'est ça ?

— C'est tout récent… Je t'en parlerai après notre *deuxième* rendez-vous, d'accord ?

Son amie pencha la tête de côté pour faire mine de réfléchir.

— Marché conclu. En tout cas, cela te met en beauté… Viens, allons chercher une coupe de champagne avant que tous ces journalistes aient pillé le bar.

7.

— Vraiment, tu aimes ces gâteaux kitschissimes ? s'étonna Theo en scrutant la devanture de la Magnolia Bakery, où l'avait emmené Juliet.

— J'en raffole, évidemment : je te rappelle que je suis une vraie New Yorkaise.

Theo rit. Que Juliet était rafraîchissante, avec sa franchise et sa spontanéité… Avec son petit T-shirt blanc et son jupon rouge qui lui arrivait aux chevilles, elle communiquait une impression estivale, fraîche et joyeuse, qui le ravissait. À chaque fois qu'il posait les yeux sur sa bouche gourmande, au-dessus de laquelle se dessinait un ravissant grain de beauté, sur ses joues douces, ses épais cheveux bruns et soyeux qu'elle avait lâchés sur ses épaules, sur son corps mince aux rondeurs féminines, il se sentait submergé par un désir irrépressible.

Et quand elle se faisait mutine, comme en ce moment, cela le rendait encore plus fou…

D'ordinaire, il était toujours à son bureau ou en réunion à l'extérieur à cette heure-là de la journée, mais exceptionnellement il avait reporté tous les rendez-vous de son agenda, à la stupéfaction de sa secrétaire.

Puis il avait retrouvé Juliet sur Bleecker Street, en plein milieu de l'après-midi.

La jeune femme lui prit la main.

— Viens, entrons pendant qu'il n'y a pas trop de

monde. Tu sais, quand tu m'as téléphoné à ton retour à New York, j'allais m'acheter un cheese-cake au citron. Comme ton appel m'en a empêchée, je compte bien me rattraper aujourd'hui, expliqua-t-elle d'un ton malicieux qui lui donna envie de dévorer sa bouche de baisers.

L'air décidé, Juliet l'entraîna à l'intérieur de la boutique, où elle se mit aussitôt à détailler l'intégralité des cheese-cakes et des muffins aux couleurs tendres et pétillantes, tous plus alléchants les uns que les autres. Mais lui, ce n'étaient pas ces gâteaux qui le tentaient : il avait envie de mordre doucement dans la chair tendre de la jeune femme, de saisir ses tétons dans sa bouche pour la faire crier de plaisir, de prendre ses seins ronds dans ses mains…

— Tu as choisi ? demanda-t-elle sans lâcher les gâteaux des yeux.

— Euh… Non, pas vraiment. Je pensais à tout autre chose, murmura-t-il.

— Un peu de sérieux, je te prie ! dit-elle, les joues cramoisies. Les pâtisseries de Magnolia Bakery méritent qu'on leur accorde toute son attention. Je dirais même qu'elles méritent une concentration absolue.

Il mit la main sur sa taille et l'attira à lui.

— C'est toi qui as toute mon attention…

— Theo… Les vendeuses nous regardent !

— Je m'en moque. Choisis vite tous les gâteaux que tu veux, et allons les déguster chez moi. Quand je te verrai croquer dans l'un de ces muffins, je vais devenir fou et me jeter sur toi…

Elle rougit de plus belle, mais son regard restait planté dans le sien : sans un mot, elle lui avouait qu'elle partageait la même envie que lui. Elle détourna enfin les yeux et se tourna vers la vendeuse, qui attendait patiemment la commande, un petit sourire aux lèvres.

— Un cheese-cake au citron et un autre au caramel, s'il vous plaît.

— Bien, mademoiselle.

Juliet sortit, tenant sa précieuse boîte comme s'il y avait des flûtes de cristal à l'intérieur. Theo l'attira de nouveau à lui pour l'embrasser. Sa bouche avait un goût sucré et frais, enivrant.

Jamais il n'avait ressenti ça en embrassant une femme.

Il se détacha légèrement d'elle pour ne plus sentir son corps contre le sien. Sinon, il ne répondrait plus de lui.

— Allons-y. Décidément, je crois qu'avec toi il vaut mieux que je ne m'éloigne pas trop de mon lit.

— Theo ! dit-elle en riant, d'un air faussement fâché.

Comme elle était belle ! pensa-t-il une fois de plus en contemplant son visage aux traits fins et harmonieux, qui exprimait la joie de vivre et la confiance. La confiance…

Soudain, un sentiment de malaise le submergea et le déstabilisa.

Quand elle saurait qu'il lui avait menti, elle ne le lui pardonnerait pas, il en était certain. Entière et sincère, elle n'était pas du genre à faire de compromis avec la confiance, justement. Que se passerait-il quand elle apprendrait que c'était lui qui avait causé la ruine de son beau-père ? Elle serait en colère, ce qu'il pouvait affronter. Mais sa peine et son chagrin, son sentiment d'avoir été trahie par lui… Il lui était difficile d'y penser.

Il n'envisageait même pas qu'elle puisse le comprendre, et prendre son parti contre Steven.

Ces idées, qu'il chassait à chaque fois qu'elles lui venaient à l'esprit, le perturbaient beaucoup trop à son goût. D'un côté, l'opinion de Juliet comptait pour lui ; de l'autre, il était *incapable* de changer quoi que ce soit à son plan.

Aurait-il assouvi son désir dans le peu de temps qui lui était encore imparti ? Bientôt, il posséderait la société de

Steven Portman, et celui-ci serait contraint de vendre tous ses biens pour honorer les dettes qu'il avait contractées afin de réaliser d'importants investissements.

— Theo, ça va ? lui demanda Juliet.

— Oui, très bien…

— Tu pensais à quoi ? insista-t-elle d'un air soucieux. Tu avais l'air soudain si tendu…

— Ne t'inquiète pas, des histoires de travail sur lesquelles je n'ai aucune envie de m'attarder pour le moment. Tu es venue en taxi ?

— Non, en scooter.

Il haussa les sourcils.

— En scooter ?

— Oui, j'aime bien me déplacer comme ça. Même si ça n'est pas toujours très pratique à New York.

— OK. Je conduis, alors.

Elle fit la moue.

— Je rêve… Tu ne veux pas te laisser conduire par une femme ?

— C'est contraire à tous mes principes de galanterie.

Elle fit mine d'hésiter.

— Pour cette fois j'accepte, concéda-t-elle en lui tendant les clés. Ça tombe bien, j'ai deux casques. Et puis, comme ça, je pourrai tenir les pâtisseries : je n'ai pas confiance en ta délicatesse.

— Vraiment ? Tu me trouves peu doué de mes mains ? dit-il en riant.

Elle rougit.

— J'avoue que cela dépend du contexte…

Theo lui sourit et la serra contre lui quelques secondes avant de la relâcher doucement.

Qu'éprouvait-il pour Juliet ?

Franchement, il aurait été incapable de le dire. Ne

lui restait qu'à profiter pleinement du temps qu'il avait à passer avec elle.

Il monta sur le scooter et mit son casque, avant de sentir la jeune femme s'installer derrière lui. Elle serra étroitement les bras autour de sa taille, et ses seins se plaquèrent contre son dos.

Il ne voulait plus penser qu'à son corps, qu'il allait embrasser et caresser dans quelques minutes.

Juliet s'étira paresseusement et ouvrit les yeux.

Ils se trouvaient sur le lit de Theo…

Après avoir fait l'amour à même le tapis du salon dès qu'ils étaient entrés dans l'appartement, il l'avait portée dans sa chambre, où ils avaient renouvelé l'expérience, cette fois en prenant tout leur temps… Jusqu'à ce qu'il la fasse jouir avec sa langue, avant de plonger en elle pour la rejoindre dans l'orgasme.

Avait-elle tort de penser qu'il y avait des sentiments dans les caresses de Theo, qui les rendaient encore plus délicieuses ?

Elle se tourna vers lui. Allongé sur le dos, le bras posé sur le ventre, il dormait, totalement nu. Qu'il était beau ! pensa-t-elle en sentant l'émotion lui nouer la gorge. La ligne de sa mâchoire, ses joues ombrées par une barbe naissante, ses cheveux en bataille, ses longs cils bruns… Elle aimait tout de lui.

Il bougea un peu.

— Rien que ton regard m'excite, dit-il sans ouvrir les paupières.

Elle écarquilla les yeux.

— Mais tu dormais !

— Et tu en profites… Je ne dors qu'à moitié quand tu es là, sache-le, dit-il en souriant.

Il se tourna vers elle et la regarda enfin.

— Viens sur moi…, murmura-t-il d'une voix rauque.

Sentant l'excitation palpiter dans tout son être, Juliet se mit au-dessus de lui, faisant glisser son sexe dressé en elle. Il posa les mains sur ses hanches et imprima un rythme à ses mouvements, allant de plus en plus vite.

Il prit ses seins dans ses paumes et en pétrit les tétons.

Juliet renversa la tête en arrière et noua les doigts derrière sa nuque, offrant sa poitrine aux caresses de Theo. Bientôt, elle sentit le plaisir jaillir en elle, comme une lave irrépressible.

Elle s'abandonna sur lui, et il embrassa ses cheveux.

Ce simple geste la bouleversa.

Alors, elle comprit, et cette découverte l'épouvanta autant qu'elle l'emplit d'une joie sauvage et intense.

Elle était en train de tomber amoureuse, follement, de Theo Tsarakis, cet homme dont elle savait si peu de chose mais qu'elle avait l'impression de connaître depuis toujours. Cet homme dont la présence la comblait de bonheur, avec lequel elle aimait parler, rire, se promener…

Ainsi, elle l'avait trouvé, cet amour fou dont elle avait toujours mis en doute l'existence, auquel elle ne daignait même pas penser, se contentant de temps à autre d'une histoire sans lendemain ?

Jamais elle ne s'était attachée. À aucun de ses petits amis.

Jusqu'à aujourd'hui.

Elle ferma ses yeux embués par des larmes d'émotion.

Je crois que je t'aime déjà, avoua-t-elle en pensée.

Il était trop tôt pour lui révéler l'intensité de ses sentiments : si elle s'était risquée à le faire, il aurait fui à toutes jambes ! Pour l'instant, elle allait se contenter de profiter de tous les moments qu'elle pouvait passer avec lui, en essayant de ne pas penser à l'avenir.

— Nous pourrions aller quelque part tous les deux, dit-il soudain de sa belle voix grave.

Le cœur battant, elle se redressa sur un coude.

— Tous les deux ?

— Oui, répondit-il en riant, tous les deux. J'aimerais t'emmener sur l'archipel des Grenadines.

Elle poussa une exclamation de surprise.

— Ce serait merveilleux ! Tu y es déjà allé ?

— Oui, quelques fois. C'est presque aussi beau que Tsiros.

— Tsiros, où est-ce ?

Son front se plissa de rides soucieuses.

— C'est une île grecque dans les Cyclades.

— Que tu connais bien, alors ?

— Oui… Ma famille y a une maison.

— Oh ! quelle chance ! Tu dois adorer y aller. Décris-la-moi.

— C'est une île méditerranéenne, très préservée, paradisiaque. J'y ai passé des vacances merveilleuses avec…

Il s'interrompit, mais Juliet ne put retenir sa question.

— Avec qui ?

— Avec mes frères, répondit-il avec une réticence à peine voilée.

Elle se redressa et s'allongea sur le côté.

— Tu as des frères ? Tu ne m'en as pas parlé ! Comment s'appellent-ils ?

— Sacha et Nikos.

— Une vraie fratrie grecque ! s'exclama-t-elle en riant. Tu les vois souvent j'imagine ?

— Pas ces derniers temps…

— Pourquoi ? À cause de ton travail ?

— Oui… Mes parents doivent être à Tsiros en ce

moment, pour y passer l'été. Ils y vont de plus en plus depuis que mon père est à la retraite… Mais je n'aime pas trop penser à ça.

D'instinct, Juliet comprit qu'elle ne devait pas chercher à en savoir plus. Du moins pour l'instant.

— Pas de problème…

C'était la première fois qu'il lui confiait quelque chose au sujet de sa famille. C'était un premier pas, elle ne voulait pas le brusquer par sa curiosité intempestive.

— On pourrait partir samedi en jet, enchaîna-t-il comme si de rien n'était, et rester trois ou quatre jours sur place.

— Ce serait possible, avec ton travail ?

— Je m'arrangerai. Et pour toi ?

— Oh ! moi, je suis libre comme l'air… J'ai envoyé des photos à Igor Browski et j'attends son retour. Je peux travailler et écrire d'où je veux.

— Tu écris ?

— Oui… Je rédige des textes pour accompagner mes photos.

Theo fronça les sourcils.

— Tu veux publier un livre ?

Elle écarquilla les yeux, surprise.

— Quoi ? Non, j'en serai incapable !

— Pourquoi ? Tu as beaucoup de talent, tu travailles dur… Peut-être que ce serait la solution, au lieu de t'échiner à vouloir placer des photos en espérant que ça cadrera avec un article ou un projet… Peut-être que tu peux commencer par réaliser toute seule un reportage ? Tu en as parlé à Tom Lewins ?

— Non…

— Parle-lui-en, alors, et aussi à Browski. Le format de son hebdo s'y prête bien.

Elle se mordit la lèvre inférieure avant de répondre :

— On verra déjà ce qu'il me dit au sujet des photos que je lui ai envoyées.

L'idée qu'il lui avait soufflée était intéressante, mais elle devait y réfléchir un peu avant de savoir quoi en faire.

Il se leva, magnifique, totalement à l'aise dans sa nudité.

— Je vais prendre une douche. Tu m'accompagnes ?

Juliet regarda l'heure : si elle ne se pressait pas, elle allait être en retard au dîner que sa mère avait organisé ce soir, et auquel elle devait « à tout prix » assister – sa mère avait bien insisté. « Il y aura un jeune créateur, j'aimerais qu'il me dessine une collection capsule pour la saison prochaine… »

— J'arrive, mais je dois me dépêcher : ma mère a organisé un dîner avec des gens qui comptent pour elle. Je veux dire, pour son travail… Elle voudrait que je sois là.

— Pourquoi ça ? demanda-t-il sur le seuil de la salle de bains, sans se retourner vers elle.

— Parce que Steven… mon beau-père… arrivera un peu plus tard, à cause d'un imprévu au bureau, m'a-t-elle expliqué. Elle a souvent besoin qu'on joue le rôle d'assistant ou de faire-valoir dans ses négociations : quelqu'un qui lui donne la parole, le beau rôle. Je sais faire ça à la perfection, depuis le temps !

Sans rebondir sur ce qu'elle venait de dire, Theo entra dans la salle de bains, et Juliet entendit l'eau de la douche se mettre à couler. Elle fronça les sourcils. C'était curieux… À chaque fois qu'elle parlait de sa famille, Theo se fermait.

Peut-être avait-il des rapports trop compliqués avec la sienne ? Il n'en parlait jamais, éludant toujours le sujet. Elle savait maintenant qu'il avait deux frères, que ses parents vivaient toujours et qu'ils avaient une maison à Tsiros, mais c'était tout.

Pour l'instant, cela suffisait amplement, songea-t-elle en se levant, et en frissonnant en pensant au corps nu de Theo sous la douche, l'eau ruisselant sur sa peau.

Et plus tard ? lui souffla une petite voix. Supporterait-elle qu'il demeure aussi secret, aussi fermé ?

Pour l'heure, elle ne voulait pas y penser.

8.

Outre le créateur courtisé par sa mère, il y avait deux collaborateurs de Steven et un couple d'amis : Peter Watson, qui dirigeait une chaîne de grands magasins, et sa femme, Sara, décoratrice d'intérieur. C'était d'ailleurs avec cette dernière que sa mère avait revu la décoration de l'appartement de fond en comble deux ans plus tôt – seuls le labo photo et la chambre de Juliet, avec ses hautes fenêtres donnant sur une cour intérieure arborée, avaient échappé à cette rénovation complète.

Juliet, contrairement à sa mère, aimait les lieux patinés par les habitudes et le temps. Elle chérissait les objets choisis avec soin au fil des années, les clichés qu'elle avait accrochés au mur ou posés dans sa bibliothèque pleine de livres d'art et de photographies.

Bref, c'était son lieu à elle depuis tant d'années… Bientôt, elle le laisserait pour vivre seule et profiter de son indépendance. Que ferait sa mère quand elle lui annoncerait son départ ? Serait-elle surprise ? Mécontente de perdre sa compagnie ? Peut-être pourrait-elle lui suggérer d'en profiter pour redécorer sa chambre quand elle ne l'occuperait plus ? pensa-t-elle avec un petit sourire. Voilà qui pourrait faire une bonne diversion…

Quelles que soient ses craintes, Juliet avait décidé de lui annoncer son intention de louer son propre appartement avant son départ pour les îles Grenadines. Pour l'instant, elle ne lui avait pas révélé qu'elle partait seule avec Theo mais, cela aussi, elle le lui dirait avant le départ. Une perspective qui ne l'enchantait guère : quand sa mère apprendrait qu'elle avait rencontré un milliardaire, elle ne la lâcherait plus avant qu'elle l'ait épousé – bien entendu après avoir signé un fabuleux contrat de mariage…

— Steven, lança soudain Peter Watson, j'ai récemment rencontré un homme très intéressant, un gestionnaire de patrimoine de première importance. Il dirige une société à Londres qui a pignon sur rue… Tu dois le connaître, il s'appelle Theo Tsarakis.

Juliet sursauta légèrement, comme si elle avait reçu une mini-décharge électrique au milieu de ce dîner où elle s'ennuyait à mourir. Si elle s'était attendue à ce que le nom de son amant soit prononcé ici ce soir…

Visiblement gêné, Steven toussota avant de répondre :

— Je le connais de réputation.

Il avait prononcé la même phrase la première fois qu'ils avaient parlé de lui tous les deux, songea-t-elle, troublée. Comme s'il voulait mettre une distance entre Theo et lui…

— Tu ne l'as jamais rencontré ? s'étonna l'homme d'affaires.

— Tu sais, le monde de la finance est vaste.

— Oui, mais il vit ici en ce moment, à New York. Je l'ai rencontré à une soirée caritative il y a un mois. J'ai pu mesurer son influence… Moi-même, j'ai fait appel à lui pour réaliser des placements. Mais je dois dire que sa réputation professionnelle n'est rien à côté de l'effet qu'il fait aux femmes !

Sara Watson éclata de rire.

— Oh oui, elles étaient toutes collées à lui ! renchérit-elle en se penchant vers Juliet. Vous l'auriez sans doute trouvé magnifique, vous aussi. Grand, brun, des yeux bleus… c'est un Grec !

Heureusement, Sara se détourna aussitôt vers son voisin de gauche. Tant mieux, elle n'aurait pas manqué de remarquer son embarras et la rougeur qui avait envahi ses joues… Cette conversation lui paraissait surréaliste. Et ce qui la rendait plus étrange encore, c'était la gêne perceptible de son beau-père, qui échappait sans doute à son ami Peter, mais pas à elle qui le connaissait si bien.

Elle croisa le regard de sa mère, splendide dans sa robe fourreau dorée dessinée par un grand couturier, et nota que celle-ci aussi était surprise.

Pourquoi le nom de Theo provoquait-il chez Steven une telle réaction ?

— Vous dites que le monde de la finance est vaste, vous avez raison, mais il est surtout incompréhensible et effrayant pour les non-initiés ! intervint le créateur en riant.

Linda acquiesça en hochant vigoureusement la tête et déclara :

— Et pourtant c'est une dimension incontournable des affaires, j'ai dû finir par l'admettre alors que seul l'aspect créatif de ma société m'importait. Mais heureusement, dans ce domaine, Steven m'est d'une grande aide : il m'apporte son expérience, à moi qui n'y connaissais rien. Grâce à lui, ma société a des bases saines et solides, qui me permettent de me lancer dans de nouveaux projets.

Malgré son embarras persistant, Juliet ne put qu'admirer l'habileté de sa mère… Elle avait réussi à détourner la conversation à son avantage et à mener son interlocuteur sur le terrain qui l'intéressait.

Tandis que le créateur et elle entamaient une discussion animée au sujet de projets pour lesquels ils pourraient s'associer, Juliet se pencha discrètement à l'oreille de son beau-père, assis à sa droite.

— Tout va bien ?

Il se tourna vers elle et lui sourit.

— Oui, ma chérie, tout va bien…

— Je te trouve toujours cet air inquiet…

— Tu te fais des idées, je t'assure. Mais dis-moi, tu as revu ce Theo Tsarakis, justement ? lui demanda-t-il dans un murmure.

De nouveau, Juliet sentit son visage s'empourprer. Décidément, cette soirée ne se déroulait pas du tout comme elle l'avait escompté : cette irruption de sa vie privée dans les conversations était totalement inattendue…

Elle ne voulait pas mentir à Steven, mais à lui non plus elle n'avait aucune envie de parler de sa relation avec Theo, et surtout pas en plein milieu de ce dîner.

— Un peu…, répondit-elle seulement.

— Et tu penses toujours autant de bien de lui ? insista son beau-père.

Elle haussa les épaules avec un sourire.

— Je suis prudente, je te l'ai promis.

Quand il saurait que c'était Theo qui lui avait proposé de l'emmener quelques jours sur une île paradisiaque, nul doute qu'il trouverait sa conception de la prudence très éloignée de la sienne… Elle n'aimait pas cacher des choses à Steven, avec lequel elle avait toujours pu parler. Mais en l'occurrence, se rassura-t-elle, elle ne mentait pas vraiment. Elle remettait ses confidences à un peu plus tard. Pour quelques jours encore, elle avait envie de profiter de ce qui lui arrivait sans que sa famille en sache quoi que ce soit.

Et puis, Steven aussi avait ses secrets, elle le pressentait.

Peter Watson lui posa soudain une question au sujet de la presse, et elle lui répondit aussitôt pour changer de sujet.

Encore une heure, estima-t-elle intérieurement, et elle pourrait s'éclipser sans que sa mère en prenne ombrage.

Quelques jours plus tard, archipel des Grenadines

Elle entendit la voix grave de Theo dans son casque.

— Tu as pris ton maillot de bain ?

Elle se tourna vers lui en souriant.

— C'est la première chose que j'ai mise dans ma valise, bien sûr ! répondit-elle dans son micro.

— Quelle jeune femme prévoyante !

— Tu t'en es rendu compte ? J'espère que cela ne te semble pas trop éloigné du glamour auquel tu es habitué…

— Qu'est-ce qui est éloigné du glamour ?

— Le fait que je sois… raisonnable.

Il haussa les sourcils.

— Tu es sensée, responsable, raisonnable… oui. En quoi voudrais-tu que ça me dérange ?

— Je ne sais pas… Peut-être que les femmes que tu fréquentes d'habitude sont plus… insouciantes, délurées.

Il posa brièvement sur elle un regard étrange, que Juliet ne parvint pas à décrypter.

— Les femmes que je fréquente d'habitude ne t'arrivent pas à la cheville.

Malgré elle, Juliet rougit de plaisir et sentit son cœur s'affoler dans sa poitrine. Ce n'était pas une déclaration d'amour, mais c'était un compliment. C'était déjà ça, et même si elle devait s'en contenter elle était prête à l'accepter. De lui, elle voulait prendre le meilleur et ne jamais lui demander plus qu'il ne pouvait offrir.

Elle baissa les yeux sur le paysage qui s'étalait sous leurs yeux.

— C'est tellement beau…, murmura-t-elle.

Une mer turquoise enchâssait un chapelet d'îles verdoyantes aux plages de sable fin. C'était une vision si paradisiaque que Juliet ne put s'empêcher de sortir son appareil-photo du sac en bandoulière qu'elle ne quittait jamais.

Ce ne serait pas parfait à travers le cockpit, mais elle voulait conserver un souvenir de ce moment et de la beauté de cette vue aérienne.

— On va bientôt atterrir, la prévint Theo. Ça va, tu n'as pas peur ?

Peur ?

Curieusement, elle ne ressentait pas une once d'appréhension. Avec Theo, elle avait l'impression d'être en sécurité, où qu'ils soient et quoi qu'ils fassent, comme si rien de mal ne pouvait lui arriver.

Désormais, elle avait un peu de mal à se reconnaître dans cette jeune femme raisonnable qu'elle prétendait être, alors qu'elle accordait sa confiance pleine et entière à un homme qu'elle connaissait à peine…

Était-elle stupide, inconséquente ?

Ou percevait-elle une évidence, celle du lien qui les unissait tous les deux ?

— Non, tout va bien, répondit-elle. Je n'ai pas peur du tout.

— Parfait. On commence notre descente.

La piste d'atterrissage se dessinait sous leurs yeux, tandis que Theo dialoguait avec le contrôleur aérien.

L'appareil commença à s'incliner et amorça sa descente vers l'île de Canouan, leur destination. Plus ils se rapprochaient du sol, plus on discernait la végétation.

Enfin, le jet se posa et décéléra.

— Tout va bien ? s'assura Theo.

— Oui. Mais au fait, pourquoi as-tu voulu piloter toi-même aujourd'hui ?

— Ah, j'ai décidé de ne pas travailler pendant ces quelques jours et je n'ai aucune réunion à préparer… Et puis, j'apprécie plus que tout ce sentiment d'indépendance, de liberté.

— Tu as quand même dû donner ton plan de vol…

— Même ça, si j'avais pu, je m'en serais abstenu.

Son indépendance passait au-dessus de tout, cela non plus elle ne devait pas l'oublier. Mais ce qu'elle acceptait aujourd'hui, le tolérerait-elle plus tard ? Ce n'était pas la première fois qu'elle se posait ce genre de question… mais elle ne voulait pas y penser davantage. Impossible de gâcher ces moments uniques avec l'angoisse de l'avenir.

— Je comprends que tu aimes cette sensation de pouvoir décider seul. Tu as de la chance : de mon côté, j'ai dû expliquer à ma mère où j'allais et avec qui, et je dois avouer que j'aurais préféré l'éviter. C'est l'inconvénient de vivre encore avec elle ! ajouta Juliet en faisant une petite grimace.

— Tu lui as dit avec qui tu partais ? demanda-t-il avec une soudaine gravité qui la mit en alerte.

— Oui… Et je lui ai dit que… nous avions une histoire.

Comment appeler leur relation ? « Histoire » lui semblait un terme neutre pour un homme habitué à la plus complète indépendance…

— Et qu'a-t-elle dit ?

— Rien de réprobateur. Le fait que tu sois riche la rassure énormément.

— Et cela ne t'ennuie pas ?

Juliet haussa les épaules.

— Pas vraiment. Ma mère est pragmatique, égocentrique, mais elle n'est pas vénale. Pour elle, l'argent protège. Et puis, elle est aimante… à sa façon.

— Et tu en as parlé à ton beau-père ?

Elle détourna la tête. Comment expliquer à Theo la gêne absurde qu'elle ressentait à confier à Steven quoi que ce soit à ce sujet ? Comme si elle pressentait que pour la première fois de sa vie il allait la désavouer ?

— Non, mais je sais que ma mère lui en a déjà parlé. Elle est incapable de lui cacher quoi que ce soit.

Ils roulèrent jusqu'au bout de la piste d'atterrissage. Enfin, Theo alla ouvrir la porte du jet, s'effaçant pour laisser descendre Juliet.

— Nos bagages vont nous être livrés à l'hôtel. Viens, notre voiture est là, dit-il en désignant une jeep stationnée sur le tarmac.

— Pas de chauffeur ? demanda Juliet en souriant malicieusement.

— Non, pas de chauffeur. Nous serons tous les deux, et c'est mille fois mieux, répondit-il en ouvrant la portière côté passager, avant de s'installer au volant.

L'hôtel, un vrai palace, était splendide, bien sûr. Comment aurait-il pu en être autrement ?

L'établissement, au style colonial raffiné, respirait le calme et le luxe. Il donnait directement sur l'océan, dont les différentes teintes de bleu – turquoise, marine, azur, vert d'eau – réjouissaient le regard et procuraient une sensation d'apaisement.

Pour se préparer, Juliet avait lu avec attention le guide qu'elle avait déniché dans une librairie spécialisée dans les voyages. Elle aimait se documenter avant de partir quelque part et détestait arriver sans s'être donné la peine de collecter des informations sur le climat, la géographie, les habitants…

— Entre Union et Moustique, Canouan fait partie des petites Antilles, commença-t-elle à réciter en prenant le bras de Theo, tandis qu'ils suivaient un employé de l'hôtel qui les guidait vers leur chambre. Mais ça, tu le sais déjà… En revanche, pour ta culture générale, je crois utile de te préciser que l’île fait cinq kilomètres de long et deux de large. Au nord, elle est montagneuse, couverte de forêts, peu urbanisée. Au sud, elle forme une longue péninsule délimitant la baie de Charlestown, où se concentrent les habitations, les hôtels, l’aéroport, le port. À l’est et au sud-est se trouve une barrière de corail. Il faut aussi que tu saches que Canouan est dotée d’un climat tropical et qu’à ce titre elle peut essuyer le passage de cyclones.

Theo rit.

— Tu as appris tout ça par cœur ?

— Bien sûr. Bref, ce joyau insulaire est un véritable écrin à la végétation dense. Cerise sur le gâteau, Canouan est résolument tournée vers l’écotourisme.

Juliet s’immobilisa et ne put retenir une exclamation d’admiration en découvrant leur chambre, dont la grande baie vitrée, ornée de rideaux légers balayés par la brise marine, s’ouvrait sur la plage et ses palmiers. En bois tropical précieux, l’immense lit était couvert d’oreillers et de draps de coton blanc. Les lattes sombres du parquet donnaient une impression de fraîcheur bienfaisante. Épanouies, très parfumées, des fleurs tropicales avaient été disposées dans les vases des tables basses et des consoles. Il y avait même des orchidées dans de petits soliflores sur les tables de nuit.

— Comme c’est beau ! Jusqu’au moindre détail.

Theo lui sourit et s’avança pour la prendre dans ses bras.

— J’ai très envie de te faire visiter cette île, mais je ne sais pas si j’arriverai à sortir de cette chambre… J’ai déjà envie de toi.

Elle rit doucement, en sentant une intense chaleur l’envahir.

— Je suis sûre que nous réussirons à faire les deux…

Elle se haussa sur la pointe des pieds pour l’embrasser, et il la souleva dans ses bras pour la déposer sur le lit.

— Commençons tout de suite, alors, si nous voulons avoir une chance d'aller à la plage avant le dîner… que nous pourrons prendre dans la chambre.

— Ce programme me convient tout à fait, murmura-t-elle, tandis que Theo défaisait le nœud de sa robe bain de soleil.

Quel que soit l'endroit où portait son regard, Juliet avait l'impression d'être au paradis. Certes, il y avait la splendeur de la nature qui les entourait : la plage de sable fin qu'ourlait une mer turquoise et translucide, si délicieusement tiède qu'on pouvait y plonger sans réfléchir, les palmiers dont le feuillage bruissait doucement dans la brise… Et puis, surtout, il y avait Theo, sublime dans son short de bain bleu marine. Allongé sur le sable, il avait les cheveux humides, et un peu de sel s'était déposé sur son dos musclé et bronzé.

Juliet sentit son cœur battre un peu plus vite. Jamais elle ne se lasserait de lui… Elle aurait été incapable de l'expliquer si on le lui avait demandé, mais elle en était certaine : cet homme était fait pour elle.

Bien sûr, elle sentait toujours chez lui cette réticence à se livrer, à se confier, comme s'il avait érigé autour de lui, et depuis très longtemps, d'infranchissables barrières pour se protéger des autres. Mais elle était tellement amoureuse qu'elle voulait avoir confiance : elle saurait les franchir un jour pour accéder à son cœur.

Mon Dieu, pensa-t-elle avec une épouvante amusée, depuis quand était-elle aussi sentimentale ? Les sentiments que Theo avait fait naître en elle étaient si puissants, si enivrants… Elle avait du mal à croire qu'un jour elle pourrait le contempler avec calme et sérénité, tant il la bouleversait.

Cela faisait trois jours qu'ils étaient sur l'île, et elle avait la sensation que le temps filait sans qu'elle puisse le retenir, tant les moments de bonheur s'enchaînaient.

Avec Theo, tout était merveilleux : l'amour bien sûr, mais aussi les discussions, les rires. Même dans les moments de silence, quand ils lisaient tous les deux dans les transats de leur terrasse par exemple ou qu'elle travaillait à ses photos sur son ordinateur portable, elle éprouvait une sensation de plénitude.

Avec lui, il lui semblait que sa vie était complète.

Elle ajusta son chapeau de paille pour mieux protéger son visage du soleil. Même si elle avait la peau légèrement mate, à l'instar de son père biologique, elle évitait de s'exposer imprudemment au soleil. Une habitude qu'elle tenait de sa mère, qui prenait toujours tellement soin de son apparence – et de son capital cellulaire, comme elle le lui avait expliqué à de multiples reprises.

Quand elle était jeune, Juliet avait souvent eu l'impression que sa mère privilégiait les apparences à la recherche du bonheur. Mais avec le temps elle avait fini par admettre que ce n'était pas aussi superficiel que cela, et que sa mère combattait ainsi l'angoisse. Celle de vieillir bien sûr, mais aussi celle de perdre sa place de mannequin renommé, d'être rejetée, oubliée.

Et elle, s'était-elle bien battue contre l'influence de sa mère qui l'incitait sans cesse à prendre soin de son visage, de son corps, de son poids ? Sans doute pas trop mal, songea-t-elle en s'étirant paresseusement sur sa serviette.

— Que dirais-tu d'une coupe de champagne ? demanda Theo en se penchant vers elle. Et ensuite, un dîner dans les jardins de l'hôtel ? Nous ne pouvons tout de même pas passer toutes nos soirées enfermés dans notre chambre… Que vont dire les gens ? ajouta-t-il en riant.

Elle releva un bord de son chapeau.

— Parce que tu te préoccupes de l'opinion des autres, maintenant ? ironisa-t-elle.

Theo fit courir les doigts sur son ventre.

— Si peu que je pourrais te caresser ici sur la plage… En même temps, il n'y a personne. Nous pourrions très bien faire l'amour sans qu'on nous voie…

Juliet réprima un gémissement. Dès qu'il lui parlait ainsi, avec sa voix grave et rauque, elle sentait immédiatement l'excitation la gagner.

— J'adore ton bikini rouge… Même si je rêve de te l'enlever.

— Je crois que je suis prête pour une coupe de champagne… mais dans la chambre.

Theo rit. Comme il aimait sa compagnie ! Il se pencha pour l'embrasser. La bouche de la jeune femme avait la saveur d'un fruit mûr, le goût du sel, de la mer, du soleil.

— Allons-y…, murmura-t-il à son oreille.

Il la regarda se lever avec grâce et admira ses jambes musclées et fuselées, sa taille fine. Elle était sublime dans ce maillot de bain, qui mettait en valeur sa poitrine et ses hanches rondes.

Il serra la mâchoire. S'il voulait être honnête, il devait s'avouer qu'il avait de plus en plus de mal à s'en tenir à son projet de vengeance à l'exclusion de tout le reste – c'est-à-dire de Juliet – et qu'il se sentait au fil du temps écartelé par des désirs contradictoires.

Le plus important, c'est qu'il n'avait pas envie de lui faire le moindre mal.

Et porter préjudice à Steven Portman, c'était s'en prendre à elle aussi. Avant de la perdre à tout jamais.

Quand elle parlait de son beau-père, il lui était vraiment

difficile de faire coïncider ce portrait avec l'image de l'homme qu'il haïssait.

Et il commençait à douter.

Se trompait-il en le poursuivant ainsi de sa colère ?

Il se leva à son tour tandis que Juliet s'enveloppait dans un paréo orange. Avec son grand chapeau de paille et ses lunettes de soleil, on aurait dit une star de cinéma. Son visage s'illumina d'un sourire éclatant. C'était à lui que ce sourire radieux s'adressait, à lui et à lui seul. Il n'y avait pas une once de dissimulation chez Juliet. Elle était franche, honnête, bienveillante, tolérante…

Qu'éprouve-t-elle réellement pour toi ? lui souffla une petite voix.

Et lui, qu'était-il en train de faire ? De *lui* faire ?

Après une douche fraîche, alors que Juliet séchait ses cheveux humides avec une serviette, elle entendit la sonnerie de son téléphone, qu'elle avait posé sur le lavabo.

C'était un message d'Igor Browski. Elle saisit aussitôt son mobile pour le lire.

> Chère Juliet,
>
> Je suis intéressé par ce que vous m'avez envoyé, la série de photos mais aussi les textes. En les retravaillant, on pourrait arriver à un ensemble publiable dans l'un des numéros du mois prochain.
>
> Qu'en pensez-vous ?

Pas la peine d'attendre : elle tapa aussitôt son message.

> Cher Igor,
>
> J'en suis très heureuse !
>
> Nous pouvons en discuter quand vous voulez, je serai de retour à New York après-demain.

La réponse arriva dans la foulée.

Parfait, ma secrétaire va prendre rdv avec vous.

— Une bonne nouvelle ? demanda Theo en pénétrant à son tour, nu, dans la salle de bains.

— Oui ! Igor Browski va peut-être publier mon travail dans un prochain numéro ! répondit-elle sans pouvoir s'empêcher d'admirer la musculature puissante et déliée de son amant qui entrait sous la douche.

— Dans peu de temps, tu vas être sollicitée par tous les journaux du pays…

— Oh ! je ne m'emballe pas, même si j'ai l'impression de vivre la plus belle période de ma vie. Ma carrière décolle – enfin je crois, précisa-t-elle en croisant les doigts par superstition –, je vais emménager dans un appartement que j'adore… Je t'ai rencontré. Je suis heureuse.

Il ne répondit rien, comme s'il ne l'avait pas entendue. Comme s'il n'avait rien à dire…

Elle attrapa la petite robe de coton blanc qu'elle voulait mettre ce soir et regarda pensivement son reflet dans le miroir. Theo n'avait pas l'air si heureux de ce qui lui arrivait… Pas comme elle l'aurait voulu.

Pourquoi ça ?

N'aimait-il pas les femmes indépendantes ? Pourtant, il avait beau être très sûr de lui, volontaire et arrogant, elle n'avait décelé chez lui aucune tendance au machisme.

Alors, quoi ?

Était-ce de l'indifférence ? Ou avait-il peur que son succès professionnel ne l'éloigne de lui, qu'il ne leur laisse que très peu de temps à passer ensemble ?

Si seulement elle avait pu, tout simplement, lui poser la question, songea-t-elle en réprimant un soupir.

Elle appliqua un peu de mascara sur ses cils. Du coin de l'œil, elle vit Theo sortir de la grande douche à l'italienne et enrouler un drap de bain autour de ses hanches.

— Je te vois tu sais…

— Et qu'est-ce que tu vois ? demanda-t-elle.

— Tu me regardes.

— Mais je ne m'en cache pas…

Il se mit derrière elle et l'entoura de ses bras.

Elle renversa la tête en arrière, tandis qu'il déposait une pluie de baisers dans son cou et sur sa nuque, et frissonna de plaisir.

Résoudrait-il toujours tous les problèmes en lui faisant l'amour ? Était-ce sa seule façon de communiquer ?

Et un jour cela ne finirait-il pas par être trop peu au regard de ce qu'elle éprouvait, elle ?

9.

— Hello ! lança Juliet dans le vaste hall d'entrée de l'appartement familial.

Personne ne répondit à son appel.

Elle ôta sa veste en jean et l'accrocha au grand portemanteau près de la porte. Il faisait vraiment chaud à New York, et cette chaleur citadine, étouffante, était bien plus difficile à supporter que celle, tropicale, de l'île Canouan.

Tandis qu'elle repensait aux jours délicieux qu'elle avait passés là-bas avec Theo, son corps fut parcouru d'un frémissement. Depuis qu'ils étaient rentrés, ils se voyaient quasiment tous les jours. Elle savait que c'était ridicule, mais elle avait l'impression de vivre un vrai conte de fées.

Dans l'après-midi, elle avait envoyé un SMS à sa mère pour la prévenir qu'elle rentrerait tard, et celle-ci avait répondu un laconique « OK » qui l'avait un peu étonnée. En fin de compte, sa mère lui en voulait-elle de quitter bientôt le foyer familial ? Pourtant, grâce à Steven qui avait préparé le terrain – comme promis –, elle s'était montrée heureuse pour elle quand elle lui en avait parlé, sans faire de remarques sur le fait que sa fille « l'abandonnait »… Tout comme elle avait semblé contente qu'elle ait rencontré un homme.

À cet instant, son téléphone vibra.

Tu me manques.

Je serai absent trois quatre jours, mais on se voit à mon retour.

Theo

Avant qu'elle le laisse en fin d'après-midi, elle avait espéré qu'ils se reverraient dès le lendemain. Tant pis, elle attendrait un peu, et leurs retrouvailles n'en seraient que plus merveilleuses…

D'accord !

Je t'embrasse.

Juliet

Elle patienta quelques instants. Allait-il lui répondre pour l'embrasser lui aussi ? Peu probable. Il le lui avait dit, il n'était pas romantique. Peu importait : si elle pouvait continuer à le voir, à le toucher, à l'embrasser, à l'entendre rire, à bavarder avec lui, à plonger dans ses magnifiques yeux bleus… Elle saurait s'en contenter et être tout de même heureuse.

Vraiment ?

Ah, que cette petite voix dans sa tête était agaçante !

Je t'embrasse aussi.

Elle posa son portable sur son cœur et leva les yeux au ciel. Si cette petite voix s'était soudain incarnée devant elle en une vraie personne, elle lui aurait tiré la langue en signe de défi et de triomphe.

Elle était amoureuse pour la première fois de sa vie.

Et c'était merveilleux, voilà tout.

Depuis qu'elle connaissait Theo, le monde autour d'elle prenait une intensité nouvelle. Elle ne pensait qu'à lui et dans le même temps elle enregistrait tout, les bruits, les odeurs, les couleurs, l'atmosphère, comme si l'ensemble de ces éléments s'inscrivait malgré elle dans sa mémoire pour en faire de précieux souvenirs.

Mais, puisqu'elle avait un peu de temps devant elle avant le retour de Linda et Steven, elle allait tout de même essayer de se concentrer et travailler à son article pour Igor Browski.

Voilà qui lui ferait reprendre contact avec la réalité...

Elle grimpa l'escalier du duplex pour gagner sa chambre.

21 h 30.

Ni sa mère ni Steven n'étaient rentrés. Et ils ne répondaient pas non plus à ses messages.

Malgré elle, Juliet commençait à s'inquiéter.

Était-il arrivé quelque chose ? Alors qu'elle passait du temps avec Theo, qu'elle rêvait de lui... Avaient-ils eu un accident ? Steven avait-il fait un malaise ?

Assise dans le confortable canapé de velours du salon, elle soupira et posa le livre qu'elle feuilletait distraitement sur la table basse en verre.

Vivement qu'elle habite dans son propre logement, afin de ne plus s'inquiéter ainsi pour ses parents comme une adolescente ! Le plus probable, c'est qu'ils étaient sortis dîner, au restaurant ou chez des amis.

N'avaient-ils pas l'habitude de sortir souvent ?

Elle fronça les sourcils. Oui, mais ils la prévenaient toujours.

Soudain, elle entendit une clé dans la serrure de la porte d'entrée et elle se leva d'un bond.

Enfin ! Comme elle était soulagée de les savoir là !

Mais son soulagement ne dura que quelques secondes : en voyant sa mère et Steven dans le hall, elle sentit son inquiétude revenir au galop. À en croire leurs visages pâles et leurs traits tirés, il s'était en effet passé quelque chose… Sa mère n'était pas vêtue avec son élégance habituelle : elle portait un simple jean avec un T-shirt noir, comme si elle avait enfilé à la hâte les premiers vêtements qui lui étaient tombés sous la main. Et elle était à peine maquillée.

Mais c'était le visage épuisé et soucieux de Steven qui l'inquiétait particulièrement. Cette fois, il ne cherchait plus à cacher son état psychologique.

— Maman ? Steven ? Pourquoi rentrez-vous si tard ? Vous n'avez pas répondu à mes messages, je me faisais du souci…

Sa mère ferma les yeux et prit une profonde inspiration, mais sans répondre. Juliet sentit ses mains devenir froides. D'ordinaire, sa mère n'était jamais à court de mots…

— Viens, allons nous asseoir, proposa Steven d'une voix lasse.

Jamais elle ne l'avait vu ainsi, courbé, les yeux cernés. Elle se tourna vers sa mère, qui ce soir paraissait elle aussi plus âgée que d'habitude.

Puis, muette, elle les suivit au salon.

— Steven, je t'en prie, dis-moi ce qui ne va pas ! lâcha Juliet d'une voix qu'elle voulut maîtrisée, même si elle avait le plus grand mal à contenir son angoisse.

Sa mère s'effondra dans un fauteuil club et fit un grand geste théâtral. Ce fut elle qui lui répondit :

— Ma chérie, je ne vais pas faire de grands discours, cela ne servirait à rien. Et, quand tu sauras tout, je t'assure que tu comprendras ma brutalité. Voilà, Steven a perdu le contrôle de son entreprise. Et sans son appui financier on peut dire que ma société est dans une très mauvaise passe.

Alors il s'agissait d'argent ? pensa Juliet en sentant le soulagement l'envahir en dépit du ton glacial de sa mère.

Elle avait l'impression de pouvoir de nouveau respirer, alors qu'elle était si oppressée une seconde plus tôt…

Bien sûr, c'était grave, elle n'était pas stupide, mais en tout cas ils allaient bien : ni Steven ni sa mère n'étaient malades… Ne pouvait-on pas toujours trouver des solutions aux problèmes matériels ?

Pour autant, elle ne voulait pas montrer à sa mère qu'elle se sentait soulagée : vu son état d'esprit, elle l'aurait très mal pris. Pour elle, la ruine – ou la faillite – faisait de vous un paria et vous rejetait au plus bas de cette échelle sociale qu'elle avait tout fait pour ne jamais redescendre.

— Tu as perdu le contrôle de ton entreprise ? Comment est-ce possible ? demanda-t-elle en se tournant vers Steven.

Celui-ci se frotta les yeux d'un air las.

— Je ne comprends pas, ajouta-t-elle quand elle vit qu'il ne répondait pas. Je sais que tu as des soucis depuis quelque temps… Mais était-ce parce que tu te doutais de quelque chose ?

— C'est allé si vite… Ma société a été l'objet d'une OPA hostile.

— Qu'est-ce que ça veut dire exactement ?

— Quelqu'un a racheté assez d'actions pour prendre le contrôle de la société, en devenir l'actionnaire principal… J'ai massivement investi cette année, et cela m'a fragilisé financièrement… En gros, je risque de devoir vendre cet appartement, tout au moins notre maison des Hamptons.

— Mais *qui* a fait ça ?

Il passa une main sur son visage épuisé, comme pour en effacer les traces de fatigue.

Encore ce silence. Comme s'il ne parvenait pas à lui dire l'entière vérité…

— Et les autres actionnaires ? insista-t-elle devant le silence de son beau-père.

— Celui qui a spéculé contre moi l'a fait dans l'ombre, même si je savais qu'il se tramait quelque chose… J'avais conscience qu'on manœuvrait contre moi, mais j'ignorais de qui il s'agissait jusqu'à aujourd'hui…

Il prit une profonde inspiration.

— Mais maintenant tu sais qui a fait ça, n'est-ce pas ?

— Oui, nous le savons, intervint Linda avec une colère contenue qui la fit frémir.

Jamais elle ne l'avait entendue employer ce ton… Dans ses magnifiques yeux bleus, elle voyait brûler un tel accablement, une telle indignation…

— Celui qui a fait ça, c'est ton petit ami, lança Linda d'une voix glaciale.

— Qu'est-ce que tu racontes ? protesta Juliet, abasourdie. Tu es folle ?

— Hélas non. Le coupable, c'est l'homme avec qui tu couches… Theo Tsarakis, continua sa mère. C'est lui le salaud qui a dépouillé Steven.

Juliet se leva sous le coup de la stupeur, mais chancela. C'était comme si elle avait reçu un uppercut en plein estomac.

Aussitôt, Steven se précipita pour la soutenir.

— Juliet… Ce n'est pas ta faute, dit-il en l'aidant à se rasseoir.

Elle avait l'impression que tout son sang avait quitté son corps. Autour d'elle, le décor du salon n'avait plus rien de réel. Tout prenait une teinte cauchemardesque. Un cauchemar, oui, elle était en plein cauchemar… Elle allait se réveiller, et tout serait comme avant.

— Tu mens, eut-elle la force de murmurer en continuant de fixer sa mère, les poings serrés.

— J'aimerais beaucoup, crois-moi, mais non, je ne mens pas. Reste à savoir pourquoi ce maudit Tsarakis a fait ça. Une fois que nous le saurons, nous pourrons nous battre. Car, sois-en sûre, nous n'allons pas nous laisser faire.

Elle se massa les tempes d'un air las et se leva.

— Je suis épuisée, je monte me coucher.

— Ma chérie, Juliet est sous le choc…, intervint Steven.

— Je sais, mais elle va s'en remettre. J'aurais simplement aimé qu'elle choisisse mieux son amant… Par ailleurs, nous devons être d'attaque dès demain matin : une dure journée nous attend.

— J'arrive. Je reste un peu pour m'assurer qu'elle va bien.

En regardant sa mère quitter le salon, Juliet sentit son cœur se serrer atrocement. Elle commettait une terrible erreur, c'était évident : comment Theo aurait-il pu faire une chose pareille, préparer son coup lâchement, en secret, sans rien lui dire depuis un mois ?

Pourtant, Steven ne semblait pas remettre en cause les propos délirants de Linda. Voulait-il éviter de la contrarier ?

Elle se tourna vers lui.

— Qu'est-ce qu'elle raconte ? Pourquoi invente-t-elle une ineptie pareille ?

Il soupira profondément.

— Elle n'invente rien, Juliet. L'homme à l'origine de l'OPA est bien Theo Tsarakis.

Juliet ne put empêcher ses yeux de s'embuer.

— Toi aussi tu l'accuses ! Mais pourquoi ? Je ne comprends pas ! Il est gestionnaire de patrimoine, il n'a aucun intérêt à faire ça…

— Je te jure que c'est la vérité. Depuis deux mois, je soupçonnais que quelque chose se passait, je me méfiais. Mais ça… L'attaque a été rapide, efficace, implacable. Au départ, je ne savais pas qui se cachait derrière celle-ci. À présent, je le sais, avec certitude.

— Comment peux-tu en être sûr ? s'écria-t-elle en sentant sa conviction faiblir devant le visage peiné et fatigué de Steven.

— Crois-moi, je suis certain de ce que j'avance. Tsarakis

ne cherche d'ailleurs plus à se dissimuler. Comme s'il voulait à présent que je sache d'où le coup était parti.

Elle se pencha en avant et prit son visage dans ses mains. Le monde – son monde – semblait s'être effondré en un terrible fracas.

— Tu en es sûr, vraiment ? murmura-t-elle tandis que sa vue se brouillait de larmes.

— Oui, malheureusement… Même si tout ça est stupéfiant… incompréhensible.

Elle secoua la tête.

— Mais pourquoi, pourquoi aurait-il fait une chose pareille ? Cela n'a aucun sens…

— Aucun, en effet… La seule chose que je sache à ce stade, même si je ne suis pas certain que cela ait un lien avec cette OPA…

Juliet se redressa et le fixa, attendant qu'il précise sa pensée.

— J'ai… J'ai connu ses parents autrefois. Sa mère, surtout.

Juliet secoua la tête avec étonnement.

— Sa mère ?

— Oui. Nous avons été amants.

Comment était-ce possible ? Son beau-père avait connu la mère de Theo ? Ils avaient eu une histoire ensemble, et il ne lui en avait pas parlé ? C'était donc pour cela qu'il avait l'air embarrassé à chaque fois qu'elle prononçait son nom devant lui…

— Tu aurais dû me le dire ! protesta-t-elle avec colère.

— C'est si vieux… Cette histoire d'il y a trente ans me semble appartenir à une autre vie… Je ne voulais pas t'embarrasser avec ça alors que tu semblais tellement apprécier cet homme. Mais comment l'aurait-il su ? Elizabeth n'a jamais rien dit, j'en suis sûr. Elle… Elle était mariée à l'époque, elle avait déjà deux fils avec Sandro Tsarakis. Jamais elle ne l'aurait quitté…

— Mais tu penses qu'il y a une possibilité que cette histoire ait un lien avec l'OPA dont tu viens d'être victime ?

— Je n'en sais rien. C'est une des choses qu'il me reste à découvrir…

Il lui prit les mains.

— Je suis tellement désolé, Juliet… mais tu ne dois plus voir cet homme. Je ne sais pas dans quelle mesure il s'est servi de toi… Peut-être s'est-il rapproché pour mieux m'atteindre…

— Mais c'est incompréhensible !

— Je sais… Mais tant que nous n'en saurons pas plus je pense qu'il vaut mieux que tu gardes tes distances.

Juliet le fixait sans le voir. Était-ce pour cette raison que Theo s'était éloigné d'elle pour quelques jours ? Pour ne pas avoir à croiser son regard alors qu'il était en train d'achever la ruine de son beau-père ?

Comment avait-il pu faire une chose pareille ? Il lui avait menti, il l'avait trahie… Soit il s'était servi d'elle, en effet, soit il avait voulu coucher avec elle le temps d'arriver à ses fins, pour passer le temps agréablement.

Et elle qui croyait qu'elle vivait une histoire d'amour… Comme elle avait été naïve ! Jamais un homme comme lui n'éprouverait le moindre sentiment. Il était trop endurci, trop impitoyable. Comme elle s'était trompée !

Malgré le chagrin immense qu'elle ressentait à présent, une question la taraudait sans relâche : pourquoi s'était-il attaqué à Steven ? Elle avait l'impression qu'elle ne comprendrait pas *vraiment* ce qui s'était passé tant qu'elle n'aurait pas la réponse.

Elle se remémora les fois où elle avait parlé de son beau-père devant lui. Sans qu'elle comprenne pourquoi, il lui avait toujours opposé une froideur soudaine, au sujet de laquelle, dans son insouciance insensée, elle ne s'était pas assez interrogée. Elle avait préféré s'aveugler, imaginer que ses propres difficultés familiales l'empêchaient de communiquer... Alors qu'au fond elle ne savait rien de lui, de sa famille, de ses éventuels problèmes... En avait-il, même ? Peut-être avait-il agi ainsi froidement, sans sentiments, par appât du gain et par soif de pouvoir ?

Elle allait devenir folle si elle n'obtenait pas très vite les réponses à toutes ces questions qui fusaient dans sa tête.

Soudain, elle eut peur : sans le vouloir, avait-elle donné des informations qui auraient pu l'aider dans son OPA contre Steven ? Elle ne le pensait pas...

Quoi qu'il en soit, et même si son beau-père avait raison quand il disait qu'il lui fallait désormais garder ses distances avec Theo, elle avait la ferme intention d'exiger des réponses de sa part.

Et elle comptait bien le regarder droit dans les yeux quand il s'expliquerait.

10.

Juliet se servit une tasse de café et s'installa à la table de la cuisine. Le silence qui régnait dans l'appartement était accablant. Tôt ce matin, Steven était parti pour le bureau, accompagné de Linda, qui devait ensuite rencontrer sa directrice financière.

Dire que la veille encore elle était prête à déménager pour prendre son indépendance, songea-t-elle avec une douloureuse amertume…

Il n'en était plus question à présent.

Que feraient Steven et sa mère s'ils devaient vendre leur appartement new-yorkais et leur maison de vacances dans les Hamptons, deux lieux auxquels ils étaient attachés depuis si longtemps ?

De nouveau, une intense vague de culpabilité l'assaillit, lui broyant le cœur.

Pendant qu'elle ne pensait qu'à Theo, lui accordant tout son temps, elle ne s'était pas assez préoccupée de ce qui se passait tout près d'elle. Certes, cela n'aurait sans doute rien changé à ce qui s'était produit, mais elle aurait pu soutenir davantage Steven… Et quand elle songeait que pendant ce temps-là Theo était occupé à la trahir et à attaquer sa famille…

Cette idée était intolérable, tout simplement.

Si intolérable qu'elle fût, elle devait tout de même lui parler, à n'importe quel prix. Si elle ne parvenait pas à le voir et à lui dire ce qu'elle pensait de ses actes, elle allait étouffer.

Pour combattre la culpabilité et la honte d'avoir été si naïve, ainsi que la colère, elle devait le rencontrer en face-à-face. Lui dire, en le fixant dans les yeux, qu'il n'était qu'un ignoble individu, qu'elle ne voulait plus jamais le voir et qu'elle allait mettre toute sa volonté à l'oublier très vite.

Elle soupira, les larmes aux yeux.

La vibration de son téléphone fit sursauter Theo, alors qu'il se trouvait au milieu d'une réunion stratégique avec plusieurs de ses collaborateurs.

Tu dois être rentré à New York. Il faut que je te voie.

Rdv au café Abraço ce soir, 19 heures.

Juliet

Il soupira, sans plus rien entendre de la présentation.

Aucun doute : Juliet savait à présent.

Pour mieux endormir la méfiance de Portman, il avait opéré en sous-main, mais l'homme d'affaires avait fini par apprendre qui se cachait derrière l'OPA hostile dont sa société avait été la cible.

Il connaissait son identité.

Et il savait maintenant pourquoi il avait été puni.

Pour avoir abandonné sans regret Elizabeth Tsarakis et le fils qu'elle portait. Sans un regard en arrière.

Ce lien – ce simple lien biologique, rien d'autre – qui l'unissait à cet homme, il pourrait bientôt l'oublier et renvoyer Steven Portman à l'oubli.

Il massa ses tempes qui battaient douloureusement. Depuis son réveil ce matin, il souffrait d'une migraine tenace dont il n'arrivait pas à venir à bout, même en ayant absorbé plusieurs doses de café très noir.

Le moment était arrivé : tout serait fini ce soir avec Juliet, et il ne la reverrait jamais.

Il avait renoncé à se voiler la face durant ces quelques jours passés loin d'elle. Il avait admis qu'il allait beaucoup souffrir de ne plus pouvoir serrer la jeune femme dans ses bras, de ne plus entendre son rire, sa voix, de ne plus jamais pouvoir sentir la douceur de sa peau sous ses mains…

Il prit une profonde inspiration sous les regards discrètement étonnés de son équipe.

— Excusez-moi, un souci personnel, dit-il en désignant son téléphone d'un bref mouvement de tête. Reprenez, s'il vous plaît.

Mais il était incapable de se concentrer. Il ne pensait qu'à Juliet, à son sourire et à ses yeux. Pire, au mal qu'il lui avait fait en s'attaquant à sa famille. En la trahissant.

Une vague d'amertume le saisit : il ne ressentait pas le plaisir escompté à l'idée d'avoir ruiné Portman et de s'être vengé.

À cause de Juliet, la plénitude de la vengeance lui échappait. Elle avait perdu de son goût, de sa force. De son sens.

Dès qu'elle pénétra dans le café Abraço où elle lui avait donné rendez-vous, Juliet aperçut Theo. Un instant paralysée par l'émotion, elle s'immobilisa, le cœur battant à se rompre dans sa poitrine.

Penché sur son ordinateur, il fixait l'écran avec concentration. À quoi travaillait-il en ce moment ? À ruiner les efforts de toute une vie d'un autre innocent, après s'être attaqué à Steven ?

Soudain, il leva la tête, comme s'il avait senti sa présence, et leurs regards se croisèrent. Aussitôt, Juliet sut qu'il savait parfaitement pourquoi elle était là. Oui, il savait ce qu'elle allait lui dire.

Si elle en avait encore eu besoin, elle aurait compris à cet instant que Steven ne s'était pas trompé. Theo était bien l'homme qui l'avait dépossédé.

Mais il est tout de même venu...

Et alors ? C'était la moindre des choses, non ? Et cela n'ôtait pas une once d'horreur à ce qu'il avait fait, pensa-t-elle avec colère et dégoût.

Elle s'avança dans la salle sans le quitter du regard. Puis, sans hésiter, elle tira une chaise et s'installa devant lui.

— Tu sais pourquoi je voulais te voir, n'est-ce pas ?

La mâchoire contractée, il hocha la tête sans un mot.

— Alors c'est vrai ? reprit-elle. Tu as volé la société de mon beau-père ?

Elle vit ses narines se dilater comme sous l'effet de la colère, puis il inspira profondément. Mais il ne répondait toujours pas.

— J'ai besoin de savoir la vérité, insista-t-elle.

— La vérité..., dit-il en haussant les épaules. Si tu veux... Oui, je détiens à présent la société de ton beau-père.

Theo serra les poings. Voilà, après cet aveu, tout était dit, ou presque, et aucun retour en arrière ne serait désormais possible.

Toutes les émotions qu'il pouvait lire sur le visage de Juliet le bouleversaient. Elle avait l'air à la fois furieuse, triste, déçue, désemparée.

— Mais *pourquoi* as-tu fait une chose pareille ?

— C'était mon objectif avant même que je fasse ta connaissance, dit-il d'une voix tendue.

Elle se rejeta en arrière sur son siège et secoua la tête.

— Je n'y comprends rien... Tu dis que tu travaillais

déjà à dépouiller Steven avant même qu'on se connaisse… Mais, après notre rencontre, il ne t'est pas venu à l'esprit d'abandonner ce projet ignoble ? Je t'ai dit que Steven était comme un père pour moi… Tu ne m'as parlé de rien ! Tu as œuvré dans mon dos… Ce que tu as fait est affreux.

Il inspira profondément.

— Je ne *pouvais* pas renoncer. C'était impossible. Alors la vérité… De la même façon que je ne pouvais laisser tomber mon plan contre Portman, je n'ai pas pu renoncer à toi. C'est pourtant ce que j'aurais dû faire, dès le début… Vouloir te rencontrer était une erreur.

Le regard de la jeune femme devint fixe.

— Tu t'es arrangé pour faire ma connaissance ? Ce rendez-vous où tu es venu à la place de Tom Lewins… C'était un piège !

Il hocha la tête sans la quitter des yeux.

— Oui, je voulais te rencontrer.

Elle avait encore pâli.

— Vraiment, je ne comprends pas.

— Steven… Il n'est pas l'homme que tu crois.

Juliet serra les mains sur ses genoux. Avec l'impression qu'il allait exploser, elle sentait son cœur battre à toute allure dans sa poitrine.

Qu'entendait-il par là ? Allait-il essayer de rejeter toute la faute sur Steven au lieu de reconnaître ses propres torts ? Depuis la veille, elle avait pensé bien des choses de Theo, mais pas qu'il se conduirait comme un lâche quand elle le regarderait dans les yeux.

— Qu'est-ce que tu racontes ?

— Steven a eu une liaison avec ma mère, il y a très longtemps.

Elle haussa les épaules.

— Je suis au courant, dit-elle en balayant l'air de la main. Steven me l'a révélé en même temps qu'il m'a appris que tu étais le responsable de sa ruine, ajouta-t-elle d'un ton tranchant. Il aurait dû me le dire bien plus tôt, c'est vrai, en apprenant que je te connaissais... Mais peu importe. Tu n'es pas en train de me dire que tu t'es vengé de Steven parce que ta mère et lui ont été amants il y a des dizaines d'années ?

— Il y a *trente ans.*

— D'accord, trente ans... Ou alors, si tu en es là, c'est que ton complexe d'Œdipe est vraiment loin d'être réglé. Un cas d'école pour les psychanalystes !

— Que ma mère ait eu une liaison, cela ne me regarde pas, dit-il d'un ton dur.

— Alors de quoi s'agit-il ?

— Steven Portman est mon père biologique.

Si le ciel lui était tombé sur la tête, le choc n'aurait pas été plus violent. Incapable de prononcer un mot, Juliet leva une main tremblante vers le verre de vin blanc qui se trouvait sur la table et en but deux gorgées.

— Tu veux quelque chose de plus fort ? Je comprends que tu sois secouée. Pour moi aussi, le choc a été rude. Depuis que j'ai découvert la vérité... ma vie n'a plus jamais été la même. Quand j'ai appris que tout ce que je savais sur mes origines était faux, que Sandro Tsarakis n'était pas mon vrai père, j'ai failli devenir fou. Tout ce que j'aurais pu faire pour blesser Portman, je l'aurais fait... Mais je te demande de me croire, je n'ai jamais voulu te faire de mal. Du moins pas après la première seconde où je me suis tenu devant toi. Peux-tu comprendre ce que j'ai ressenti ? J'ai perdu le repos, la confiance que j'avais en ma mère... Alors, oui, je me suis vengé de cet homme qui l'a mise enceinte et l'a ensuite abandonnée comme un lâche.

— C'est impossible ! s'écria Juliet, attirant les regards

des autres clients. Steven n'aurait jamais fait une chose pareille, ajouta-t-elle en baissant la voix.

— Et pourtant, il l'a fait.

— Comment peux-tu être certain que tu es son fils ?

Il haussa les épaules.

— J'ai fait réaliser des tests ADN.

— C'est absurde… Comment as-tu réussi à te procurer un échantillon du sien ?

— Grâce à un détective.

— C'est ignoble…

— Bien moins que ce qu'il a fait. À cause de lui, ma mère a été malheureuse, elle a dû mentir à son mari, lui cacher qu'il n'était pas mon vrai père. Et moi… depuis que je le sais, j'ai l'impression d'avoir perdu ma famille, mes frères, mes racines, mon passé… Je vois qu'il s'est bien gardé de te dire *toute la vérité*…

Elle eut un petit soupir de dédain.

— Tu es tellement imbu de toi-même, tellement sûr de toi, qu'il ne te vient même pas à l'esprit que les choses ne se sont peut-être pas passées comme tu le crois.

— Qu'entends-tu par là ?

— Steven ne sait pas qu'il est ton père.

À ces mots, Theo sentit un grand froid l'envahir.

— Tu veux dire qu'il a eu honte de t'avouer sa lâcheté, fit-il avec un rire sans joie.

— Comment peux-tu être à ce point certain de ce qui s'est passé il y a trente ans ? Et d'abord, comment as-tu découvert tout ça ?

— J'ai trouvé le journal de ma grand-mère à Tsiros…

— Le journal de ta grand-mère ? Tu as cru ce qu'elle avait écrit sans te poser de questions ? Lui en as-tu parlé ?

— Elle est morte peu de temps après ma naissance. Je ne l'ai jamais connue. Mais elle était très claire dans son journal.

La jeune femme eut un petit rire.

— Et ta mère, tu lui en as parlé ?

— Jamais je ne ferai une chose pareille, répondit-il, le visage contracté. Je ne veux pas lui faire revivre cette humiliation.

Elle écarquilla les yeux.

— Tu n'as pas hésité à t'attaquer à un homme que tu ne connais pas sur les seules bases d'un vieux journal… Tu as décidé de te venger sans même essayer d'en parler à ta mère, préférant rester la proie de suppositions !

— Steven Portman a bien été l'amant de ma mère, affirma Theo d'une voix dure. Et il a quitté la Grèce sept mois avant ma naissance.

— Et cela t'a suffi pour agir comme tu l'as fait ? Je n'en reviens pas ! De la part d'un homme d'affaires comme toi, ce comportement irrationnel est stupéfiant. Infantile, même. Tu as été vexé, blessé dans ton amour-propre, et tu as refusé de réfléchir.

Theo fronça les sourcils. Les mots de la jeune femme pénétraient son esprit, resté fermé à toute influence extérieure depuis des mois. Jusqu'à cet instant, aucune autre logique que celle de la vengeance n'avait pu s'y faire de place…

— Juliet, je comprends que tu sois furieuse, mais me crois-tu lorsque je te dis que je n'ai jamais voulu te faire de mal ?

— Mais tu m'as fait du mal ! Et à présent tu n'as pas seulement perdu ta famille, tu m'as aussi perdue, moi, dit-elle en se levant, avec des sanglots de rage dans la voix. Même si je doute d'avoir représenté pour toi quoi que ce soit d'autre qu'une distraction passagère, je tenais à te dire en face que j'allais te rayer de ma vie.

— Reste là, ordonna-t-il.

— En aucun cas.

Elle sortit du café sans se retourner.

Theo passa une main rageuse dans ses cheveux en la regardant s'éloigner, sa jolie robe plissée orange voletant autour de ses longues jambes fuselées juchées sur des sandales à talon dorées.

Tout dans son allure, dans sa façon de marcher, traduisait sa colère et sa déception.

Il pensait s'y être préparé, mais jamais il n'aurait envisagé que ce serait si difficile de l'entendre lui parler ainsi, et surtout de la laisser partir. Il n'avait qu'une envie : courir après elle, lui demander de continuer comme avant.

Mais c'était impossible. Il ne pouvait pas revenir en arrière.

Si sa colère n'avait pas été aussi intense, elle se serait écroulée. Sa vie était sens dessus dessous, et elle se sentait prise dans une tourmente dont elle ne mesurait pas encore toutes les conséquences.

Plus rien n'avait de sens. Tout ce qu'elle avait vécu avec Theo ressemblait à un mirage.

Comme elle lui en voulait de lui avoir menti, de l'avoir trahie… Non seulement il l'avait laissée croire que leur histoire était réelle, mais il lui avait caché que leur rencontre n'était pas due au hasard, qu'il était en train de tout faire pour ruiner son beau-père…

Et elle, pendant ce temps… Eh bien, elle était tombée amoureuse, éperdument. Lui s'était contenté de passer du bon temps avec la belle-fille de l'homme qu'il considérait comme son pire ennemi.

Comment avait-il pu se comporter ainsi ? Vivre dans un tel mensonge, la regarder droit dans les yeux pendant tout ce temps, sans ressentir le moindre remords ?

Au sein de sa colère, une pensée commençait néanmoins

à émerger : la vie de Theo avait été chamboulée de fond en comble quand il avait appris la vérité sur sa naissance. Fou de révolte et de chagrin, il n'avait dès lors plus pensé qu'à une chose : se venger. Pour ne plus avoir mal. Sans même chercher à parler à sa mère, qui était pourtant la seule capable de répondre à ses questions.

Des larmes coulant sur ses joues, Juliet serra les genoux sur sa poitrine. Pour être seule, elle s'était réfugiée chez Joyce, qui était en ce moment en congés et lui avait laissé les clés de son appartement.

Steven avait essayé de la joindre, sa mère aussi, mais elle leur avait expliqué qu'elle avait besoin d'être seule pour quelques jours.

Certes, ils traversaient eux aussi une tempête, mais elle ne pouvait pas les aider tant qu'elle n'aurait pas une vision plus claire des événements qu'elle venait de vivre.

Comme cela faisait mal ! Son rêve était brisé, et elle avait malgré tout la certitude que le vide laissé par Theo ne serait jamais rempli par un autre homme. Jamais. D'abord parce qu'elle serait toujours méfiante à présent et n'oserait plus s'abandonner, ensuite parce qu'elle ne rencontrerait jamais plus un homme comme lui.

Il n'avait été qu'une illusion, elle devait bien se mettre cette idée dans le crâne.

Elle devait l'oublier.

La distance entre eux n'avait jamais été le résultat d'une quelconque pudeur, elle s'était trompée sur toute la ligne. La distance était réelle, infranchissable, depuis le début.

Juliet sentit son cœur chavirer à l'idée qu'elle devait parler à Steven et lui dire ce que lui aussi ignorait.

Même s'il n'y était pour rien, elle en voulait pour l'instant à son beau-père, dont le passé lui valait aujourd'hui de souffrir atrocement. S'il aimait cette femme, Elisabeth Tsarakis, pourquoi était-il parti sans chercher à la convaincre de tout laisser pour lui ?

Le passé, dans lequel elle ne jouait aucun rôle, semblait avoir envahi son présent, réduit son avenir à néant. Pourquoi devait-elle payer aujourd'hui pour des gens qui avaient menti, trompé, refusé de prendre leurs responsabilités ?

Pourquoi Theo acceptait-il d'être le jouet de ce passé ? De subir ce joug sans le remettre en question ?

Soudain, les mots qu'il avait prononcés lui revinrent en mémoire : « Depuis que je le sais, j'ai l'impression d'avoir perdu ma famille, mes frères, mes racines, mon passé. »

Elle secoua la tête. Quelle importance à présent ?

À quoi bon chercher à le comprendre ? Le mal qu'il avait causé avait tout détruit.

Elle se leva pour gagner la salle de bains, où elle baigna ses yeux rougis par les larmes.

Le mieux à faire désormais était de partir, de quitter New York pour quelque temps. Pourquoi ne pas se lancer dans son reportage à Détroit ou à Washington ? Ou mieux, partir à l'étranger ?

Soudain, une idée lui traversa l'esprit, si saisissante qu'elle posa la main sur son cœur en le sentant battre à grands coups dans sa poitrine.

L'île de Tsiros.

L'île de Theo.

Il lui avait dit que sa famille avait une villa là-bas… Que ses parents devaient y être durant tout l'été… Pouvait-elle s'y rendre pour essayer de rencontrer Elizabeth Tsarakis et mieux comprendre le secret de famille qui avait empoisonné le cœur et l'esprit de Theo ?

Malgré tout ce qu'elle savait à présent, malgré tout ce

qu'elle pensait de lui, elle avait le sentiment qu'elle devait aller au bout de cette histoire et découvrir la vérité.

Car elle le sentait, contrairement à ce qu'il croyait, Theo n'avait pas tous les éléments en main.

11.

Fendant les eaux de la Méditerranée, le bateau s'approchait de l'île de Tsiros aux plages de sable fin, à la végétation dense. Enfin le petit port se précisa, avec ses barques de pêcheurs, son café, ses quelques magasins.

Cet endroit était féerique... Un vrai décor de carte postale pour touriste assoiffé de tranquillité et de nature. D'après ce que Juliet avait compris, il n'y avait sur l'île que des hameaux et des maisons de pêcheurs isolées.

L'eau était si transparente qu'elle ressentait l'envie folle d'y plonger.

Si seulement elle avait découvert cette île dans d'autres circonstances...

Avec Theo par exemple ?

Elle serra le bastingage de ses mains. Ce genre de pensée était vraiment inutile, et elle devait les chasser impitoyablement de son esprit. Elle devait se concentrer sur ce qu'elle était venue faire ici.

Avant même d'atterrir en Grèce, elle avait réservé une chambre au port de Tsiros. Maintenant qu'elle était arrivée, elle avait hâte de se mettre à la recherche de la villa des Tsarakis, d'en apprendre le plus possible sur eux, pour ensuite tenter d'entrer en contact avec la mère de Theo.

Comment se débrouillerait-elle ensuite ?

Elle n'en avait aucune idée. Mais rien n'aurait pu la faire

renoncer à son projet insensé. Elle voulait contraindre Theo à regarder en face les événements du passé *dans leur totalité* : il lui semblait qu'elle n'aurait pas de repos avant de l'avoir délivré de son obsession et de ce secret qui, elle le pressentait, n'était qu'une partie de la vérité. Alors, elle pourrait elle-même essayer de se remettre de cette histoire et d'oublier son amour pour lui.

Elle souleva son sac pour le mettre sur son dos – ne comptant pas s'éterniser sur place, elle n'avait pas pris grand-chose avec elle – et se dirigea vers l'hôtel. Une femme charmante, d'une soixantaine d'années, l'accueillit cordialement.

— Mademoiselle Widehouse ? Bonjour, je suis Alessandra. Votre chambre est prête, dit-elle en lui tendant les clés.

— Oh ! merci ! Je vais poser mes affaires et ressortir pour me baigner. Vous avez une plage à me conseiller ?

— Commencez par la plage Myrtos, elle est facilement accessible à pied. Il n'y aura pas grand monde, voire personne, même à cette période de l'année.

— Parfait ! Merci pour le renseignement.

Elle allait prendre l'escalier qu'Alessandra lui avait indiqué quand elle eut une subite inspiration.

— Vous savez où habitent les Tsarakis ?

La femme écarquilla les yeux et rit.

— Quelle question ! Ici tout le monde le sait !

Mais son regard se fit soudain suspicieux.

— Vous n'êtes pas une journaliste, n'est-ce pas ? Les Tsarakis sont comme tout le monde ici : ils sont très attachés à leur tranquillité.

Juliet leva les mains en signe de dénégation.

— Non, non, pas du tout… Mais Theo et moi nous nous sommes connus pendant nos études. Je me demandais s'il était dans les parages…

La femme sourit de nouveau.

— Ah, je comprends ! C'est sûr, aucune femme au monde ne pourrait oublier Theo. Ni aucun de ses frères, d'ailleurs ! Ces trois-là sont si beaux… Dire que je les ai vus grandir et devenir ces hommes magnifiques. Sandro et Elizabeth ont de quoi être fiers. Mais je ne pense pas que Theo soit là en ce moment, on ne l'a pas vu ici depuis presque un an, je pense… Leur maison est ici, dit-elle en désignant un point sur la carte murale de l'île, accrochée derrière la réception de l'hôtel. Bah, vous pouvez tenter votre chance : puisque vous êtes une amie de Theo, vous serez bien reçue.

— Merci beaucoup, j'essayerai demain alors.

Voilà qui ne commençait pas trop mal… Elle n'était là que depuis une demi-heure et elle savait déjà où se situait la maison familiale des Tsarakis.

Rien d'étonnant à ça : l'île était petite, et ils vivaient là depuis toujours. Mais, tout de même, elle se sentit rassérénée, comme si cette première réussite justifiait la démarche qu'elle avait entreprise sur un coup de tête.

Après une marche de dix minutes sur un chemin ombragé et bordé de figuiers, Juliet déboucha sur une ravissante crique aux eaux cristallines, dont la seule vue la rafraîchit.

Arrivée sur la plage de sable fin, déserte en effet, elle se mit en maillot de bain et s'avança vers la mer, où elle s'enfonça peu à peu avec délice. La température était idéale… Un plaisir vivifiant après son long périple. Elle avait pris un vol direct pour Athènes, puis emprunté un ferry pour atteindre l'île de Tsiros en quelques heures. Cette dernière était un paradis préservé, paisible : le luxe suprême des temps modernes.

Ce lieu ressemblait tellement à Theo, pensa Juliet :

beau, farouche, indompté, mais capable en même temps d'une grande douceur.

En pensant à lui, à ses mains posées sur son corps, aux baisers qu'il lui avait donnés, elle éprouva un vertige. Et de nouveau s'imposa à elle la conviction qui l'avait poussée à venir ici, malgré tout ce qui s'était passé et qui aurait dû la détourner de Theo à jamais.

Après le choc, elle avait peu à peu admis que derrière la dureté, la colère et la rancœur de l'homme qu'elle aimait il y avait forcément autre chose. S'était-il retrouvé piégé dans une situation trop complexe et violente sur le plan émotionnel, dans laquelle seule la colère lui avait permis de faire face à une réalité extrêmement douloureuse ? Au point de s'être aveuglé sur tout le reste ?

Elle ferma les yeux et se laissa flotter sur le dos après avoir fait quelques brasses.

Peut-être, mais leur rencontre ne l'avait pas empêché de poursuivre sa folie…

Sentant sa gorge se nouer, elle plongea dans l'eau pour que sa fraîcheur l'aide à lutter contre le chagrin qui l'étreignait à chaque fois qu'elle pensait à Theo.

Comment aborder Elizabeth Tsarakis en simulant une rencontre spontanée ? se demanda Juliet avec nervosité, pour la centième fois depuis la veille.

Sans aucun problème, elle avait localisé la villa des Tsarakis, une belle et grande maison aux murs blancs et aux volets bleus, dans le plus pur style des Cyclades. Protégée des regards, elle était environnée de magnifiques oliviers centenaires, et les bougainvillées faisaient jaillir d'éclatantes touches de couleur sur ses façades.

Juliet avait noté qu'il n'y avait pas de piscine : ici, pas

de luxe tapageur, même pour des personnes aussi riches que les Tsarakis.

Elle prit une profonde inspiration afin de calmer sa respiration. Allons, elle saurait trouver l'inspiration quand elle aurait quelqu'un en face d'elle.

Elle avança une main tremblante et pressa la sonnette de la grille.

Presque aussitôt, une jeune femme ouvrit la porte de la maison avant de s'avancer vers elle d'un air interrogateur.

— Bonjour… Je suis désolée de vous déranger, mais je crois que je me suis perdue, commença Juliet en anglais. Et j'ai commis la bêtise de ne pas prendre d'eau…

La jeune femme vint ouvrir la grille.

— Vous venez d'où ? demanda-t-elle dans un anglais hésitant.

— Je suis partie du port ce matin et je voulais me rendre dans une petite crique que l'on m'a conseillée… Mais je me suis perdue et je me suis dit que, si je continuais à tourner en rond sans savoir où j'allais, je risquais bientôt un malaise ! Il fait si chaud…

— Oui, très chaud… Entrez, je vais vous donner de l'eau, et nous regarderons la carte. L'île n'est pas grande, vous allez retrouver votre chemin.

Quand elle pénétra dans la pénombre fraîche et bienfaisante de la maison, Juliet sentit un frisson la parcourir et les larmes lui monter aux yeux. C'était ici que Theo, petit garçon, avait passé ses vacances, avec ses frères… Tout à coup, elle eut l'impression d'avoir forcé sa porte et son intimité, et elle regretta presque d'être venue. C'était une folie…

Qu'aurait-il pensé s'il avait su qu'elle était là ? Qu'elle se mêlait de ce qui ne la regardait pas ?

Il aurait été furieux, avec raison.

Mais non, tant pis. Pour rien au monde elle ne renoncerait. Pas avant de l'avoir délivré de cet enchantement qui le tenait éloigné de tous ceux qu'il aimait.

Elle devait être courageuse. Ne touchait-elle pas au but ?

La jeune femme la conduisit à la cuisine, lui fit signe de s'asseoir avant de lui servir un verre d'eau du réfrigérateur.

— Ça va vous faire du bien…

Juliet but d'un trait l'eau délicieusement glacée.

— Encore un ?

— Je veux bien, merci beaucoup ! dit-elle avec un grand sourire. Vous habitez ici toute l'année ?

— Oui. J'entretiens la maison pour les propriétaires. Mais ils viennent souvent.

— Ce sont des Grecs ?

— Oui, d'Athènes. Depuis que M. Sandro est à la retraite, ils séjournent ici régulièrement avec Mme Elizabeth.

Juliet eut une petite moue.

— Ils ont de la chance, cette maison, cette île… c'est un vrai paradis.

— Oh oui ! Et quand la maison est pleine c'est encore mieux. M. Sandro et sa femme ont trois fils. L'aîné, Sacha, s'est marié ce printemps, et je suis sûre qu'il y aura bientôt un bébé… Le deuxième frère, Nikos, n'est pas marié, mais il va devenir papa très bientôt.

— C'est une grande famille !

— Oui, les Tsarakis sont une belle et grande famille.

Soudain, Juliet sentit une présence dans son dos.

— Louisa ? prononça une voix féminine, douce et affirmée à la fois.

Elle se retourna. Une femme d'environ soixante ans, belle en dépit de son visage un peu fatigué, se tenait dans l'encadrement de la porte. Ces yeux bleus… Les mêmes que ceux de Theo !

— Tout va bien ? demanda-t-elle en anglais, avec un sourire qui plut tout de suite à Juliet.

— Oui, madame Elizabeth, répondit Louisa. J'ai fait entrer cette demoiselle qui s'est perdue et qui n'a pas d'eau. C'est de la folie !

— Ah oui, on ne peut pas dire moins ! D'où venez-vous ? demanda-t-elle en souriant cette fois directement à Juliet, qui s'était levée.

— Du port et…

— Non, je voulais dire, de quel pays ?

— Je suis américaine… De New York. Je me présente, je m'appelle Juliet.

Mieux valait ne pas en dire trop dans un premier temps. Elle devait être prudente si elle ne voulait pas la braquer tout de suite et se faire mettre à la porte sans autre forme de procès. La mère de Theo avait gardé un secret absolu sur la naissance de son fils, elle n'allait pas le dévoiler en quelques minutes à une simple inconnue…

Elle ne savait pas trop comment s'y prendre mais, sans savoir pourquoi, elle pressentait que cette femme avait menti en pensant faire au mieux, pour le bien de sa famille, de ses enfants, de Theo.

Cela l'émouvait.

— New York… Je n'y suis jamais allée, mais ce doit être une ville fantastique… Mais venez dans le salon, nous pourrons prendre un verre d'*ouzo* et quelques *zakouskis* avant de vous remettre sur votre chemin. Vous séjournez à l'hôtel du port ?

— Oui, répondit Juliet en sentant son cœur s'emballer dans sa poitrine.

C'était inespéré : l'occasion qu'elle avait tant attendue se présentait sans qu'elle ait à faire les démarches inouïes auxquelles elle s'attendait. Même si elle se demandait comment elle allait se débrouiller pour en arriver, au fil de la discussion, au sujet qui l'intéressait…

Elles s'installèrent dans le salon plongé dans une

ambiance tamisée. Les persiennes closes laissaient filtrer des rais de soleil qui zébraient le sol.

Les yeux bleus se fixèrent sur elle.

— Alors, comment avez-vous eu l'idée de venir à Tsiros ?

— Oh… En me plongeant dans mon guide de voyage sur les Cyclades.

— Vous avez visité d'autres îles ?

— Pas encore…

Son regard se fit plus pénétrant. Sentait-elle qu'elle hésitait et qu'elle était mal à l'aise en dépit de ses efforts pour sembler détendue et naturelle ?

— Vous m'avez dit que vous vous appeliez Juliet, c'est bien ça ?

— Oui, c'est ça.

— Quel joli prénom ! C'est drôle : un de mes vieux amis qui vit à New York a une belle-fille prénommée Juliet. Quel est votre nom de famille ?

Ainsi, la mère de Theo avait continué à suivre de loin la vie de Steven… Avait-elle fait des recherches assez poussées pour connaître le nom de son père ? se demanda-t-elle en notant une ombre de méfiance dans les yeux d'Elizabeth Tsarakis.

Elle déglutit avec difficulté avant de répondre :

— Widehouse.

Mais soudain, en prononçant son nom, Juliet sentit qu'il lui *fallait* dire la vérité. *Maintenant*. Et qu'il ne servait à rien de tergiverser, encore moins de dissimuler. Si elle voulait gagner sa confiance, elle devait tout lui dire sans plus tarder.

— Je suis la belle-fille de Steven Portman, ajouta-t-elle précipitamment.

Elizabeth Tsarakis sursauta et se redressa sur son fauteuil.

— Oh… Alors vous ne vous êtes pas vraiment perdue, n'est-ce pas ? demanda-t-elle d'une voix dure.

— Non, pas vraiment, avoua-t-elle. Je suis venue ici en espérant pouvoir vous parler, même si je ne savais pas comment vous aborder.

— C'est une curieuse façon de chercher à faire connaissance, mais puisque vous êtes là… Pourquoi vouliez-vous me voir ?

— Je voulais vous voir avant de… Je voulais savoir…

Elizabeth Tsarakis haussa les sourcils d'un air interrogateur.

— Savoir quoi ?

— Je ne viens pas pour mon beau-père… Je viens pour Theo.

Elizabeth Tsarakis serra les accoudoirs de son fauteuil et se pencha en avant. À cet instant, toute son inquiétude pour son fils transparaissait sur son visage tendu, aux traits tirés.

— Vous connaissez Theo ? Il va bien ?

Juliet la rassura aussitôt.

— Oui, il va bien, ne vous inquiétez pas.

La mère de Theo s'adossa au fauteuil en prenant une profonde inspiration.

— Que voulez-vous, Juliet ?

— Theo va bien, mais il… rencontre des difficultés.

— Je m'en doute. Il ne nous a pas parlé depuis des mois. Il ne donne pas signe de vie… Mais de quelles difficultés parlez-vous ?

— Il a appris une chose très perturbante au sujet de sa naissance…

Les doigts d'Elizabeth étaient si crispés que leurs jointures étaient blanches.

— Quoi donc ?

— Pouvons-nous parler librement ?

— Oui, mon mari est parti pêcher avec le fils d'un de nos amis. Et Louisa ne parle pas assez bien l'anglais pour nous suivre. Soyez sans crainte, je vous écoute.

— Theo sait qu'il est le fils de Steven, asséna Juliet, plus que jamais persuadée qu'il ne servait à rien de tourner autour du pot.

C'était étrange, elle n'avait pas l'air si étonnée…

— Comment l'a-t-il appris ? demanda-t-elle, sans même chercher à mettre en doute ce que Juliet venait de dire.

— Par le vieux journal de sa grand-mère… De votre mère. Il l'a trouvé ici, à Tsiros.

Elizabeth Tsarakis eut un petit rire désabusé.

— Qui l'eût cru ? Ma propre mère a trahi mon secret… Elle en aurait été désolée. Mais aussi, quel besoin avait-elle d'écrire sur cette histoire…

Elle chassa l'air de la main.

— Depuis tous ces mois où il est parti sans nous donner aucune nouvelle, j'ai beaucoup réfléchi et j'ai fini par me douter que Theo savait… Sinon, pourquoi aurait-il coupé les ponts avec nous, avec ses frères qu'il adore ? Tous les trois, ils sont si soudés… Mais je ne savais pas *comment* il l'avait appris. Jamais je n'aurais pensé que le journal de ma mère aurait joué ce rôle ! Croyez-moi, ne tenez jamais de journal intime…

Juliet sourit.

— Sans doute votre mère n'aurait-elle jamais imaginé que son petit-fils lirait un jour ses lignes écrites sous le coup de l'inquiétude…

— Oui, ma mère avait très peur que je ne quitte mon mari, que je ne cause un terrible scandale. Elle avait tort : j'ai fait ce qu'il fallait pour que la vérité ne soit connue de personne. Aujourd'hui, j'ai échoué, mais cela a fonctionné pendant trente ans.

— Peut-être que la vérité finit toujours par surgir ?

Elizabeth Tsarakis haussa les épaules.

— Je ne sais pas… Disons qu'il faut toujours se méfier de ce que les autres pensent être *la* vérité… Mais maintenant, Juliet, dites-moi pourquoi vous êtes venue me raconter tout ça. Et est-ce que mon fils va revenir ?

— Pourquoi ne pas lui poser vous-même la question ? suggéra Juliet d'une voix soudain hésitante.

— Il ne répond pas à mes appels.

— Allez le voir, alors.

— Je ne sais même pas où il est.

— Si c'est la seule chose qui vous en empêche, je peux vous le dire.

La mère de Theo regarda par la fenêtre avant de porter de nouveau son attention sur elle.

— La vérité, c'est que j'ai peur. Peur de ce qu'il va me dire, de son jugement, murmura-t-elle, les yeux soudain embués de larmes. Depuis tous ces mois, j'en tremble d'angoisse.

Juliet se pencha et lui prit la main.

— Je comprends, mais je crois que Theo ne sait pas tout… Il a décidé de se venger de Steven parce qu'il est persuadé qu'il vous a abandonnée enceinte, qu'il vous a livrée au chagrin, au mensonge. Or je connais bien mon beau-père… Je ne pense pas que ce soit un lâche. Ce n'est pas ainsi que les choses se sont passées, n'est-ce pas ?

La mère de Theo la fixa longuement, plongeant le regard dans le sien comme pour lire dans son âme. Puis, lentement, elle fit non de la tête, des larmes coulant sur ses joues.

— Juliet, dites-moi pourquoi vous êtes là, demanda de nouveau Elizabeth en lui serrant la main. J'ai besoin de savoir.

Juliet baissa la tête un instant pour cacher son émotion.

— Parce que je voudrais ôter à Theo son obsession.

Lui faire comprendre que les choses sont plus nuancées et qu'il va devoir accepter cette nouvelle réalité, sans que cela remette tout en cause comme il le pense.

— C'est si important pour vous ? Vous avez fait ce long voyage pour ça ?

— Oui… J'aime Theo. De tout mon cœur, de toute mon âme. Je ne sais pas ce que lui éprouve, mais quoi qu'il arrive je veux qu'il abandonne sa colère. Cela me fait mal de penser qu'il est rongé par la vengeance.

La mère de Theo lui tapota la main et se redressa.

— Bien, assez parlé. Je vais vous montrer votre chambre.

— Oh ! ce n'est pas la peine, je suis très bien installée à l'hôtel.

— Je n'en doute pas. La propriétaire, Alessandra, est une amie de longue date. Mais j'y tiens : restez chez nous quelques jours.

Juliet secoua la tête.

— C'est très gentil de votre part, mais si Theo apprend que je me suis installée chez vous sans même lui en avoir parlé, je ne suis pas sûre qu'il apprécie beaucoup… Déjà qu'il va être furieux quand il saura que je suis venue vous voir.

— Comme vous voulez, dit la mère de Theo en riant pour la première fois. Je constate que vous avez conscience du mauvais caractère de mon fils. Pour vous dire la vérité, mes trois garçons sont comme ça. Je les adore, mais ils sont parfois épuisants.

Elle s'interrompit un instant.

— Je suis heureuse que vous soyez venue, Juliet. Vous ne dormez pas ici, c'est entendu, mais vous déjeunez avec moi ?

— Avec plaisir.

12.

Voilà une semaine qu'elle était à Tsiros.

À présent, plus rien ne la retenait ici : elle avait vu la mère de Theo, essayé de la convaincre de parler à son fils pour lui enlever le poids terrible qui pesait sur lui.

Le ferait-elle ?

Elle avait compris que pour Elizabeth il existait un équilibre délicat et complexe entre le secret qu'elle voulait préserver, même trente ans après les faits, et le bonheur de son fils qu'elle adorait.

Juliet l'avait revue tous les jours depuis son arrivée sur l'île. Toutes les deux avaient fait de grandes promenades et beaucoup discuté, la plupart du temps de Tsiros, de la famille de Juliet, de photographie. De Steven aussi, et de la vie qu'il s'était construite. Sur tous ces sujets, Elizabeth posait beaucoup de questions, sans s'épancher elle-même. Au fond, c'était une femme aussi têtue et secrète que son fils.

Ce que Juliet avait également compris, c'est qu'elle avait aimé Steven, vraiment. Ensuite… que s'était-il passé ? Elizabeth continuait d'être la seule à le savoir.

D'après ce que son beau-père lui avait confié à New York, la mère de Theo avait à l'époque décidé de rester auprès de sa famille et l'avait annoncé à Steven avant de le quitter. Pour son mari et ses deux fils aînés, avait-elle renoncé à l'homme qu'elle aimait ? Décidant du même coup d'enfouir cette liaison dans le passé et de ne plus jamais l'évoquer devant quiconque ?

Sauf qu'un fils était né de cette liaison… et que ce fils, trente ans après sa naissance, avait découvert une part de la vérité.

Même si elle brûlait de connaître enfin celle-ci, Juliet n'aurait pour rien au monde posé de questions trop pressantes à la mère de Theo.

Avec un soupir, elle attrapa son appareil-photo et le plaça dans son sac en cuir. Demain, elle monterait à bord du bateau qui rejoignait Athènes, et elle voulait profiter de son dernier jour à Tsiros pour prendre de nouvelles photos. Toute la semaine, elle avait tenté de capturer l'essence de l'île, sa sauvage et douce nature, la rudesse tendre de ses habitants. Y était-elle parvenue ?

Elle manquait de recul, tant tout lui parlait ici de Theo, jusqu'à la brise marine qui courait sur sa peau tandis qu'elle pédalait vers un petit hameau de pêcheurs, jusqu'à l'odeur d'iode, jusqu'à la lumière crue et dorée du soleil.

D'une main, elle rajusta son chapeau de paille qui menaçait de s'envoler.

Voilà, elle était arrivée.

Devant elle, quelques maisons blanches se découpaient sur le ciel bleu. Et derrière, la mer, étincelante…

Elle posa son vélo au sol et commença à travailler, heureuse et émue de ce lien qu'elle avait encore avec Theo et qui ne tarderait pas à disparaître, lui aussi.

Juliet consulta son portable.

Trois messages de sa mère, deux de Steven. Et un de Joyce.

J'espère que cet endroit en vaut la peine parce que tu me manques. Je t'attends de pied ferme !

Bisous

Joyce

Elle sourit avant de se rembrunir.

Elle n'avait toujours pas envie de répondre à sa mère et à son beau-père, qui s'inquiétaient pour elle. Elle leur avait pourtant dit qu'elle était partie en Grèce pour une semaine et qu'elle avait besoin de temps pour elle.

Même si c'était injuste, elle avait l'impression de payer pour leurs fautes, leurs erreurs, et que d'une certaine façon elle avait perdu Theo à cause d'eux.

Égocentrique, obsédée par sa réussite, sa mère ne s'était sans doute pas beaucoup intéressée à la période que Steven avait passée en Grèce. Pourtant, par ses questions, sa sollicitude, elle aurait peut-être pu lui permettre de s'interroger sur ce qui s'était vraiment produit.

Les choses auraient alors pu être différentes…

Et Steven ? Attentionné, aimant, il avait néanmoins été capable de laisser filer la femme dont il était amoureux sans se battre, et de perdre sans le savoir le fils qu'elle aurait pu lui donner…

Elle ne les jugeait pas, mais elle avait l'impression de payer pour leurs compromis, alors qu'elle avait eu le désir de se livrer entière, en toute confiance et avec passion, à l'homme de sa vie. Un homme qui la désirait mais ne pouvait l'aimer, puisqu'il était incapable de la dissocier de celui qu'il haïssait, songea-t-elle en soupirant.

Elle rangea son téléphone dans son sac et pédala vivement en direction de l'hôtel. En arrivant, elle prendrait une douche, puis passerait dire au revoir à Elizabeth, car son bateau partait tôt le lendemain matin. Quelle idiote elle faisait ! Elle ne pouvait s'empêcher d'espérer qu'elle l'accueillerait en lui apprenant qu'elle avait pu joindre Theo, que tout était réglé…

Elle pédala plus vite pour chasser les larmes de ses yeux, mais le poids qui pesait sur son cœur ne s'allégea pas. Même si Theo lui manquait affreusement, même si elle rêvait de sentir de nouveau ses mains sur son corps, elle ne pouvait se cacher la réalité : il lui avait menti, il l'avait trahie.

Qu'aurait-il fait s'il avait eu le temps de se lasser d'elle avant d'avoir fait aboutir sa vengeance ? L'aurait-il blessée pour atteindre Steven davantage ?

Une fois de plus, elle prit conscience que la douleur qu'elle ressentait n'allait pas s'évanouir comme par miracle. En même temps que Theo, elle avait perdu son amour, ses rêves, sa foi en l'avenir.

Les quelques T-shirts qu'elle avait emportés, ses deux robes, ses tongs et sa trousse de toilette : voilà, sa valise était prête.

Elle regarda sa montre et descendit l'escalier de l'hôtel avant de sortir sur la terrasse où Alessandra, assise à une table à l'ombre, écossait des petits pois. La lumière commençait à se faire plus douce sur la mer.

La propriétaire de l'hôtel leva les yeux et lui sourit.

— Vous allez faire un dernier petit tour avant le départ demain matin ?

— Exactement ! répondit Juliet en essayant de garder un ton enjoué.

— Pas trop triste de partir ?

Juliet secoua rapidement la tête pour dissimuler son émotion.

— Un peu… Cet endroit… Je le trouve tellement apaisant.

— Je suis d'accord avec toi.

Au son de cette voix grave, cette voix qu'elle entendait même en rêve lui murmurer des paroles passionnées, Juliet écarquilla les yeux et posa une main sur son cœur, sans même oser faire volte-face.

Enfin, elle pivota lentement.

Oui, il n'y avait aucun doute, c'était lui.

— Theo ? Que fais-tu ici ?

— Je pourrais te retourner la question, je crois. Mais tu partais te promener ?

— Oui…

— Je t'accompagne.

Ses jambes se mirent à trembler, et elle dut s'appuyer au dossier d'une chaise.

D'un air inquiet, Theo lui prit le bras pour la soutenir.

— Tu te sens bien ?

— Oui, oui…, répondit-elle en se dégageant doucement. C'est juste que je suis très surprise de te voir ici.

— Ah bon ? Tsiros est mon île, tu t'en souviens ?

— Oui, je sais… Mais quand même, je ne pensais pas que je t'y croiserais.

Sous le regard étonné d'Alessandra, ils s'éloignèrent et commencèrent à marcher lentement.

— Tu avais une destination précise ? demanda-t-il.

Comment lui dire qu'elle allait voir sa mère ? Mon Dieu, quelle idée elle avait eue de venir ici ! Elle avait voulu faire quelque chose pour lui et elle se retrouvait dans une position tellement embarrassante… Il penserait sûrement qu'elle s'était immiscée dans sa vie et la chasserait sans ménagement.

Pourtant, s'il était là, c'était peut-être qu'il avait vu Elizabeth ? Peut-être qu'elle avait réussi à faire fuir les démons qui avaient obscurci sa vie ?

— J'étais sur le point de dire au revoir à ta mère, répondit-elle, incapable de lui mentir.

Il mit les mains dans les poches de son pantalon et eut un sourire énigmatique.

— Oui, j'ai appris que vous étiez devenues amies, toutes les deux.

Elle s'arrêta et le regarda intensément.

— Tu lui as parlé, alors ?

— Oui… Mais, à vrai dire, j'ai d'abord eu une conversation avec Steven Portman.

Avec Steven ? Jamais elle n'aurait pensé que cela pourrait arriver…

— Mon Dieu ! Comment ça s'est passé ?

Il haussa les épaules.

— C'était étrange, tu t'en doutes.

— Mais pourquoi as-tu accepté de lui parler, toi qui voulais te venger de lui sans même lui adresser la parole ?

— Il m'a convaincu.

— Comment ?

— En me parlant de toi. Tu avais pris la fuite, m'a-t-il expliqué.

— Oh ! la fuite… Et puis, quelle importance pour toi ?

— Steven, lui, a compris que cela en avait à mes yeux. Bref, nous avons décidé de nous voir, et il m'a appris qu'il n'avait jamais su que ma mère avait eu un enfant de lui. Qu'il venait tout juste de l'apprendre.

— Mais par qui ?

— Par ma mère. Figure-toi qu'elle l'a appelé après t'avoir rencontrée… Incroyable, non ? Depuis trente ans, pas un mot ; tu surgis ici à Tsiros, et ma mère change d'avis. Tu sais qu'elle a même parlé à mon père ?

Juliet sentait l'émotion la submerger. Ce qu'elle avait voulu pour Theo se réalisait. Il allait retrouver sa famille, celle-ci l'accueillerait, et sa blessure serait guérie. À moins que… Était-elle trop optimiste ?

— Comment a réagi ton père ? demanda-t-elle avec inquiétude.

Elle vit que Theo était très ému.

— Apparemment, il s'en doutait depuis toujours, mais pour lui je suis son fils, point final. Cela ne changera jamais, a-t-il affirmé.

Il lui sourit, et Juliet sentit son cœur fondre. Qu'il était beau ! Non, jamais elle ne pourrait l'oublier, même s'il fallait qu'elle renonce à lui.

— Et puis, il faut que tu saches autre chose… J'ai restitué toutes mes actions à Steven : il est de nouveau l'actionnaire majoritaire de sa société. Je l'ai rencontré pour signer tous les papiers nécessaires. J'ai aussi vu ta mère, d'ailleurs… Elle est très belle… et telle que tu me l'avais décrite.

Juliet n'en revenait pas. Il avait rencontré Steven ! Sa mère ! Elle avait l'impression de faire un rêve éveillé, de ne plus rien maîtriser de ce qui se passait autour d'elle. Pendant qu'elle était ici à Tsiros, tant de choses s'étaient produites…

— Et tes frères ? interrogea-t-elle en secouant la tête. Qu'ont-ils dit ?

Cette fois, le visage de Theo s'illumina tout à fait.

— Ils arrivent à Tsiros dans deux jours.

— Tu vas enfin les revoir après tous ces mois sans contacts entre vous ? Comme tu dois être heureux… soulagé aussi !

— Oui. Ils n'ont pas fini de me charrier avec tout ça, dit-il en riant.

— C'est pour les voir que tu es venu si vite ?

Elle aurait dû se réjouir mais, malgré elle, et malgré la joie qu'elle ressentait pour lui, elle était déçue.

Il regarda au sol avant de relever les yeux vers elle, ses yeux si intensément bleus, comme les flots enserrant Tsiros.

— Pour les voir, eux, et puis mes parents. Cette séparation a duré trop longtemps… Grâce à toi, elle va prendre fin, Juliet. Mais il y a autre chose. Deux choses, en fait, et celles-ci, personne ne me les a apprises ou révélées. Je les ai comprises tout seul… malgré mon esprit borné et mon entêtement.

Elle plongea le regard dans le sien. Son cœur battait à se rompre.

— Quoi donc ? demanda-t-elle d'une voix tremblante.

— La première, c'est que je me suis conduit comme le dernier des imbéciles et des rustres en te mentant. La seconde, c'est que je t'aime. C'est pour cela que je suis venu ici si vite. Je suis venu te demander de me pardonner.

Il l'aimait ? Il avait vraiment dit cela ?

— Tu m'aimes ? répéta-t-elle, ivre de joie mais n'osant encore croire à son bonheur.

— Oui, murmura-t-il en la prenant dans ses bras. Follement, profondément, et pour toujours.

— Oh ! Theo… Moi aussi je t'aime tellement…

Il se pencha pour l'embrasser avec passion.

Épilogue

Theo avait tenu à se marier avec Juliet à Tsiros, en même temps que son frère Nikos avec Lisa.

— Nikos, lui, m'a attendu… Alors que toi, pas du tout ! avait-il dit en riant à Sacha. Tu as vraiment fait l'aîné, indifférent au sort de ses cadets…

— Oui, mon cher Theo, tu crois vraiment que j'allais attendre que tu daignes nous faire signe pour épouser la femme de ma vie ?

— Ma foi, je te comprends…

— Et moi, j'ai eu un enfant avant… j'ai pu patienter plus facilement, intervint Nikos.

Les trois frères se regardèrent quelques secondes avec émotion.

Comme c'était bon de les retrouver ! pensa Theo. Et de retrouver leur relation intacte. Aucun des deux n'avait douté, émis la plus infime réserve : rien n'avait changé, Theo était leur frère.

Soudain, il vit Juliet qui parlait avec son amie Joyce. Qu'elle était belle dans sa longue robe de soie rose pâle, une pivoine plantée dans son chignon ! Elle le regarda de loin et lui sourit. Sa femme. Juliet était sa femme ! À chaque fois qu'il y pensait, il sentait son cœur exploser de joie.

Dire qu'il avait failli la perdre à cause de son aveuglement entêté... Heureusement, elle avait été plus intelligente que lui.

Steven Portman était là, accompagné bien sûr de la mère de Juliet. Mais aussi tous les Tsarakis et même Sandro, qui avait eu une entrevue avec Steven quelques jours plus tôt. Ces deux-là ne seraient jamais amis, mais l'entente serait cordiale. Et, s'il doutait d'avoir un jour une relation filiale avec Steven, il commençait à se dire qu'ils pourraient devenir... proches, tous les deux. Ce qu'il ressentait aussi, c'étaient un amour et un respect infinis pour Sandro, qui s'était conduit de façon irréprochable. Vis-à-vis de sa mère, Theo éprouvait désormais de la bienveillance et de la compréhension. Ce qu'elle avait choisi à l'époque, elle l'avait fait pour sa famille, pour ses fils. Et puis, le temps avait passé, elle avait cessé d'aimer Steven et s'était rapprochée de Sandro.

Theo était bien conscient que son existence avait pris un cours plus accidenté mais, même s'il lui fallait se débattre parfois avec ça, il sentait qu'il pourrait un jour faire la paix avec ce secret aujourd'hui dévoilé. Qu'il avait le droit d'aimer les Tsarakis et d'en être aimé parce qu'il était, quoi qu'il se soit passé, l'un des leurs.

Et tout cela il le devait à Juliet.

Il tourna la tête et aperçut Lisa, la femme de Nikos. Vêtue d'une robe de soie bleu ciel au-dessus du genou, les cheveux noués en chignon, elle portait dans ses bras un beau bébé brun aux yeux bleus. Son neveu...

Bientôt, il l'espérait, Juliet aussi serait enceinte, et ils pourraient élever leur premier enfant, suivi de nombreux autres.

— C'est-à-dire, nombreux ? avait demandé Juliet, faisant mine de s'inquiéter.

— Oh ! une demi-douzaine, ça me semble pas mal.

Elle avait éclaté de rire.

— Bon, bon… Commençons par trois ou quatre et nous verrons ensuite. Mais je suis d'accord avec toi, j'aime les grandes familles.

— Nous la construirons ensemble.

Il la vit lui sourire et esquisser quelques pas vers lui. Aussitôt, il s'avança pour la rejoindre et la prit dans ses bras, et elle laissa aller la tête sur son épaule.

— Tu es ma femme maintenant, lui murmura-t-il à l'oreille. Merci de m'avoir permis de retrouver ma famille, de retrouver la paix… Et merci de m'avoir permis de revenir dans ta vie.

Elle leva les yeux vers lui.

— Je t'aime tellement, Theo… Tout ce que j'ai pu entreprendre pour t'aider ne m'a demandé aucun effort. Au contraire, cela m'a aidée à supporter l'idée que nous ne nous verrions plus. Et puis, tu as fait davantage que réparer tous les dégâts que tu avais causés… Que pourrais-je vouloir de plus ?

— Ah, je sais ! Regarde, dit-il en indiquant la fontaine de la place d'un léger signe du menton.

Devant la petite église blanche trônait une Vespa rose flambant neuve.

Juliet poussa une exclamation de surprise.

— Oh mon Dieu !

— C'est pour toi. Ce sera plus commode d'en avoir une sur l'île, non ? Et crois-moi, la circulation est beaucoup plus facile qu'à New York. Tiens, voilà les clés, déclara-t-il en les lui glissant dans la main. Et maintenant j'espère bien que tu vas m'emmener faire un tour.

— Là, tout de suite ?

— Bien sûr !

Elle eut une moue moqueuse.

— Theo Tsarakis… Tu veux vraiment que ce soit moi qui conduise ?

— Impossible qu'il en soit autrement.

Les yeux embués de larmes, Juliet rit avant de lui prendre la main.

— Alors viens…

Elle releva sa robe sur ses cuisses et grimpa sur le siège, sous les applaudissements et les rires joyeux des invités.

Theo s'assit derrière elle et la serra contre lui.

— Quel idiot j'étais ! C'est la place idéale, murmura-t-il d'une voix rauque.

— Je ne vais pas pouvoir conduire si tu me parles comme ça à l'oreille…

— Tu peux aller jusqu'au bout du village et prendre le chemin de la maison. Nous y serons seuls pendant au moins une demi-heure…

Juliet démarra sous les vivats de leurs familles et de leurs amis. Prudemment, elle longea la petite rue jusqu'à la sortie du port et se dirigea vers la villa des Tsarakis.

Theo descendit dès qu'ils furent arrivés et lui prit la main pour l'aider à descendre à son tour.

— Je t'aime, Juliet, et je ne laisserai plus rien nous séparer.

Ce secret dévoilé, de Caitlin Crews - N°4422

Lorsqu'elle se rend au sommet de la Skalas Tower, Kendra n'a qu'un but : convaincre Balthazar, le maître des lieux, d'abandonner toute poursuite judiciaire contre sa famille. Or l'homme d'affaires grec à la réputation impitoyable n'a que faire de ses arguments. Aussi Kendra se résout-elle à utiliser la seule arme dont elle dispose face à Balthazar – la séduction. Seulement, après s'être liée à son ennemi durant une nuit époustouflante, elle se découvre enceinte…

Liaison avec un Italien, de Carol Marinelli - N°4423

Gian de Luca, duc italien et magnat des affaires, sait que la ravissante Ariana Romano lui est interdite. Non seulement elle est la fille de son mentor mais sa réputation d'héritière gâtée et sulfureuse n'est plus à faire. Toutefois, une nuit, Gian perd la raison et attire Ariana jusqu'à son lit. Dans l'intimité, sa douce maîtresse se révèle bien différente de celle qu'il croyait connaître. Et Gian ne songe déjà plus qu'à prolonger leur liaison au parfum de scandale…

Sous la protection du cheikh, d'Annie West - N°4424

Pressée de fuir un mariage forcé, Tara passe la frontière de son pays pour entrer clandestinement au royaume de Nahrat. Hélas, elle atterrit malgré elle dans la salle du trône du cheikh Raif. Ce roi du désert, autoritaire et fier, sait qu'elle appartient à un peuple rival et pourtant, à la grande surprise de Tara, il lui offre sa protection. Mais, quand bientôt la rumeur enfle au sujet de leur proximité nouvelle, Raif doit étouffer le scandale qui menace d'exploser. Et c'est ainsi qu'il proclame Tara comme sa future épouse !

L'amant de Singapour, de Dani Collins - N°4425

Tsai Jun Li. À peine Ivy pose-t-elle les yeux sur le milliardaire qu'elle est saisie par un brusque accès de fièvre. Cet homme est un fantasme, la perfection incarnée ! Aussi, quand il lui propose de passer la nuit avec lui, elle cède à la tentation. Quatre mois plus tard, c'est à Singapour qu'elle tente de le retrouver. Car, si leur étreinte devait rester sans lendemain, le destin en a décidé autrement : Ivy attend un enfant de son inoubliable amant…

Confidences scandaleuses, d'Andie Brock - N°4426

Emma a passé une nuit époustouflante dans les bras de Leonardo Ravenino, le milliardaire qu'elle aurait dû se contenter d'interviewer pour son journal. Aussi, quand il la rejette au lendemain de leur étreinte, c'est le cœur brisé qu'elle couche sur le papier sa frustration et tout le mal qu'elle pense de celui qui l'a séduite. Hélas, alors que ces confidences devaient rester intimes, voilà qu'elles sont publiées par accident ! Dès lors, Emma n'a d'autre choix que d'affronter la colère de Leonardo, au moment même où elle se découvre enceinte de lui…

Le guerrier des sables, de Jackie Ashenden - N°4427

Alors qu'elle pénètre dans une forteresse en plein désert, Ivy prend peur. Ce voyage qui l'a menée des rives pluvieuses de l'Angleterre au climat torride d'Inaris s'est révélé épuisant. Et l'accueil hostile que lui réserve le cheikh Nazir al-Rasul ne fait rien pour calmer les battements précipités de son cœur. Nazir est un chef de guerre farouche, redoutable et redouté, et Ivy est probablement folle d'être venue à sa rencontre pour lui annoncer une nouvelle incroyable. Alors que tous deux ne se sont jamais rencontrés auparavant, Ivy attend l'enfant de Nazir. Son héritier…

L'épouse d'un patron, de Katrina Cudmore - N°4428

Magnat dans l'hôtellerie de luxe, Loukas Christou multiplie les contrats lucratifs partout dans le monde. Mais aujourd'hui l'un de ses partenaires en affaires refuse de traiter avec lui sous prétexte qu'il est encore célibataire – et donc forcément instable ! Furieux qu'on puisse douter de lui, Loukas se résout toutefois à chercher une épouse de circonstance. Et c'est Georgie, sa belle assistante, qui est chargée de lui dénicher la femme idéale. Seulement voilà, alors qu'il côtoie chaque jour Georgie dans le cadre paradisiaque de l'île de Talos, Loukas prend conscience qu'elle éclipse toutes les candidates au mariage…

La proposition d'une innocente,
de Melanie Milburne - N°4429

SÉRIE : *OBJECTIF PASSION* - 1/3

Dans un mois, Ivy fêtera son trentième anniversaire. Or pas question pour elle d'atteindre l'âge fatidique sans avoir connu d'abord les plaisirs de l'amour. Parce qu'elle est toujours célibataire, elle ne voit qu'une solution : proposer à son ami Louis Charpentier de lui ravir son innocence. Bien qu'il soit un play-boy et un séducteur invétéré, cet homme a toute sa confiance. Et puis, dans la mesure où il est aussi expérimenté que rétif à toute forme d'engagement, il sera le partenaire parfait. L'amant idéal, pour une nuit seulement…

Conquise par Ashton Castle,
de Natalie Anderson - N°4430

SÉRIE : *FRÈRES REBELLES* - 1/2

Un verre de champagne, un bain moussant… Merle profite du confort de la somptueuse villa qu'on l'a autorisée à occuper durant son séjour sur l'île de Waiheke, où elle fait des recherches sur la famille Castle. Jusqu'à l'arrivée inopinée d'Ashton, le maître des lieux, dans la salle de bains où elle se prélasse ! Mortifiée par cette rencontre avec le ténébreux milliardaire qui la couve d'un regard chargé de désir, Merle l'est davantage encore quand il lui révèle qu'ils passeront la semaine en tête à tête…

L'étranger de l'orage, de Marion Lennox - N°4431

Seule dans la ferme délabrée qu'elle vient d'hériter, Charlotte tente d'ignorer le fracas de l'orage, dehors. Et c'est avec un certain soulagement qu'elle voit débarquer chez elle un homme qu'elle n'a jamais rencontré, mais auquel elle offre l'hospitalité. Au cours de cette nuit de tempête, inquiétante et magnifique, tous deux en viennent à tomber dans les bras l'un de l'autre. Charlotte, déjà, sent son cœur battre pour son compagnon d'infortune ! Hélas, elle ne tarde pas à découvrir qu'ils ne font pas partie du même monde, car Bryn Thomas Morgan se révèle être un lord anglais…

Une brûlante étreinte, de Jennifer Hayward - N°4432

Diana enrage. Que lui a-t-il pris d'accepter de se rendre au mariage de son amie Annabelle ? Elle savait pourtant que Coburn, son futur ex-mari, s'y trouverait aussi, et que la simple vue de cet homme qui lui a brisé le cœur lui serait insupportable. D'autant que Coburn semble s'amuser de la situation, joue avec elle comme un lion avec sa proie, la provoque… et finit par l'attirer dans son lit. Diana comprend alors que c'est peut-être ce qu'elle est venue chercher ici, ce soir : la terrible confirmation de l'emprise absolue qu'il exerce, aujourd'hui encore, sur ses sens…

VOTRE COLLECTION PRÉFÉRÉE DIRECTEMENT CHEZ VOUS

Vous souhaitez découvrir nos collections ? Une fois votre colis de bienvenue reçu, si vous souhaitez continuer à recevoir nos livres, cela se fera automatiquement. Vous n'avez aucune obligation d'achat et cette offre est sans engagement de durée !

Dans votre 1er colis, 2 livres au prix d'un + 1 cadeau*

*Pour la collection Intrigues : 1er colis à 17,25€ avec 2 livres + 1 cadeau

☛ COCHEZ la collection choisie et renvoyez cette page au
Service Lectrices Harlequin – CS 20008 – 59718 Lille Cedex 9 – France

Collections	Prix 1er colis	Réf.	Prix abonnement (frais de port compris)
❑ **AZUR**	4,50€	AZ1406	6 livres par mois 29,99€
❑ **BLANCHE**	7,30€	BL1603	3 livres par mois 24,45€
❑ **HISTORIQUES**	7,20€	LH1202	2 livres par mois 17,09€
❑ **PASSIONS**	7,70€	PS0903	3 livres par mois 25,89€
❑ **BLACK ROSE**	7,70€	BR0013	3 livres par mois 26,19€
❑ **HARMONY***	5,99€	HA0513	3 livres par mois 20,16€
❑ **NORA ROBERTS***	8,90€	NR2403	3 livres tous les 2 mois, prix variable**
❑ **SAGAS***	7,99€	SA2303	3 livres tous les 2 mois 28,86€
❑ **VICTORIA**	7,90€	VI2113	3 livres tous les 2 mois 26,19€
❑ **GENTLEMEN***	7,50€	GT2022	2 livres tous les 2 mois 17,35€
❑ **ALIÉNOR**	7,70€	AL2132	2 livres tous les 2 mois 17,75€
❑ **HORS-SÉRIE***	7,70€	HS2812	2 livres tous les 2 mois 18,25€
❑ **INTRIGUES***	17,25€	IN2012	2 livres tous les 2 mois 17,25€

*livres réédités / **entre 27,59€ et 30,19€ suivant le prix des livres

F22PDFM

N° d'abonnée Harlequin (si vous en avez un) ⊔⊔⊔⊔⊔⊔⊔⊔

Mme ❑ Mlle ❑ Nom : ____________________

Prénom : ____________________ Adresse : ____________________

____

Code Postal : ⊔⊔⊔⊔⊔ Ville : ____________________

Pays : ____________________ Tél. : ⊔⊔⊔⊔⊔⊔⊔⊔⊔⊔

E-mail : ____________________

Date de naissance : ____________________

Date limite : 31 décembre 2022. Vous recevrez votre colis environ 20 jours après réception de ce bon. Offre soumise à acceptation et réservée aux personnes majeures, résidant en France métropolitaine, dans la limite des stocks disponibles. Prix susceptibles de modification en cours d'année. Vous pouvez demander à accéder à vos données personnelles, à les rectifier ou à les effacer. Il vous suffit de nous écrire en nous indiquant vos nom, prénom et adresse à : Service Lectrices Harlequin CS 20008 59718 LILLE Cedex 9. Service Lectrices disponible du lundi au vendredi de 9h à 17h : 01 45 82 47 47.